あやかし和菓子処かのこ庵

和パフェと果たせなかった約束

JN110184

太

角川文庫
23553

もくじ

ayakashi wagashidokoro

kanokoan

主な登場人物

杏崎《あんざき》かの子《こ》

みんなを笑顔にできる、一流の和菓子職人を夢見る22歳。御堂神社の境内に建つ亡き祖父の店・かのこ庵で働くことに。

しぐれ

江戸時代に幼くして死んでしまったが、思うところがあって現世にとどまっている。朔の眷属で、金にがめつい守銭奴幽霊。

御堂《みどう》朔《さく》

陰陽師の血を引く人間で、御堂神社の鎮守。ある辛い過去のせいで笑えなくなってしまった。かの子の頑張りを見守る。

くろまる

元は烏天狗・黒丸だったが時代と共に妖力を失い、猫の姿に。朔の眷属で、にぎやかでおせっかいな性格。

木守《きまもり》

柿の木の妖。
かのこ庵によく遊び
に訪れる。

竹本《たけもと》和三郎《わさぶろう》

国宝級の和菓子職人。
第一線からは引退し
秩父に隠居している。

竹本《たけもと》新《あらた》

和三郎の息子。
竹本和菓子店を
継いだ。

イラスト／前田ミック

マリトッツォ

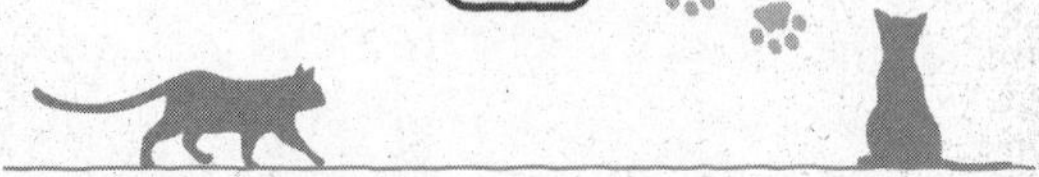

２０２１年度のヒットスイーツといえば、マリトッツォ。コンビニからも、様々な商品が発売され話題になりました。

ファミリーマートは、６月に「クリームシフォン―マリトッツォ風―」（税込１９８円）を発売。トレンドスイーツのマリトッツォを、独自に「進化」（ファミチェン）させた商品で、ふわふわのシフォン生地とクリームのハーモニーが、多くの支持を集めました。

セブンイレブンでも、「マリトッツォシリーズ」がヒット。「ストロベリー＆ラズベリーソース仕立て」、「ヘーゼルナッツチョコ仕立て」、「ショコラオレンジ」などのフレーバーのほか、「どらやきマリトッツォ」というオリジナルの商品も誕生し、お客様からも好評だそうです。

「２０２１年コンビニスイーツ総まとめ！」Yahoo!ニュース

午前三時のコンビニで、杏崎《あんざき》かの子《こ》はため息をついた。マリアナ海溝より深いため息と言いたいところだが、マリアナ海溝のことはよく知らない。だからたとえるなら、小学生のころに溺《おぼ》れかけたプールよりも深いため息だった。

どうして、こうなったんだろう？

なぜ、こんな深夜にコンビニにいるんだろう？

私は何をやっているんだろう？

その答えは難しくない。かの子は、視線を窓の外に向ける。女児の幽霊と黒猫の妖《あやかし》が、じっと、こっちを見ていた。

コンビニの窓に、ほとんど顔をくっつけている。監視するような、それでいてどこか祈るような表情をしていた。

ここから逃げることはできそうにない。

○

ほんの三十分前のことだ。

かの子は、幽霊や妖を客にする和菓子処・『かのこ庵《あん》』で掃除をしていた。下っ端にしか見えないだろうが、雇われ店長であった。

二十歳そこそこで店を任されるのは出世のように思えるけれど、かの子の実力とは関係がなかった。多額の借金があって、それを返済するために働いているだけだ。しかも、返済は進んでいない。まったく進んでいない。

「一億円の借金を返せというのは無理では……」

かの子は声に出さずに呟《つぶや》く。正確には、そこに利息がついているので、一億一千万円である。控え目に言わなくても大金だ。売れっ子ユーチューバーでもない二十二歳女子に返せというほうが無理であろう。

しかも借りたのは、かの子ではなかった。死んでしまった祖父の玄《げん》のしわざであった。かのこ庵を作るために、多額の借金をしたのである。

「おじいちゃん、なんてことを……」

頭を抱えたが今さらだった。かのこ庵は素敵な店だし、雇用条件も最高に近い。だが手放しで喜ぶには、問題が大きすぎた。

和菓子を売って、その借金――一億一千万円を返す。

「無理があるような気がするんだけど」

ふたたび独りごちた。それは、気のせいではないだろう。そもそも和菓子の利益率は高くない。

かのこ庵の場合だが、例えば大福や饅頭なら、一つあたり数十円の儲《もう》けである。一つ百円の儲けが出たと仮定しても、百二十万個の大福や饅頭を売らなければならない。そんなに売れるわけがなかった。

「一日一個しか売れない日だってあるのに」

ため息は深い。幼稚園のときに海水浴に行って溺れかけたことがあるが、そのときの海より深いため息をついた。今まで何度も溺れかけているのは、無理をしすぎるからだろう。

今回も、がんばらなければならない。普通にしていたら、借金は絶対に返せない。無理をしたって返せないかもしれないが。

「どうしたらいいんだろう？」

重い気持ちで呟く。見栄《みえ》を張らずに正直に言うと、一日一個どころかまったく売れない日もあった。

今日もそうだった。店を開けても、客が一人も来ない。日が沈んだときから店を開けているのに、静かな時間が続いていた。妖も幽霊もやって来なかった。

掃除が終わると、やることがなくなった。もともと、かのこ庵は綺麗《きれい》で、たいして片付けるところもない。

独り言を呟くのにも疲れ、かの子は黙った。

「…………」

口を閉じると、音が消える。都内にあるとは思えないくらい静かな場所だった。人の声も、自動車が走る音も聞こえない。

しばらく、そうしていると、かのこ庵のオーナーが顔を出した。借金している相手でもあり、神社の鎮守でもある御堂朔《みどうさく》だ。こんなに静かなのに、店に入ってくるまで気がつかなかった。

「こ……こんばんは」

慌てて挨拶《あいさつ》し、客が来ないことを彼に報告すると、顔を顰《しか》めるでもなく頷《うなず》いた。かの子に言葉をかけてくれた。

「こんな日もある。今日は休め」

無愛想だが、優しい人だった。ついでに言うと、二枚目である。とんでもない二枚目だった。切れ長の目に薄い唇。綺麗としか表現のしようのない鼻筋。西洋人形のような顔をしている。

服装も垢抜《あかぬ》けていた。和装だ。銀鼠《ぎんねず》というのだろうか。上品な灰色の着物を着ている。髪型も少女漫画に登場する王子さまのようだった。絹のように滑らかな髪を長く伸ばし、紫色の組紐《くみひも》で結んでいる。髪や眼球が青みがかって見えたが、それは夜の闇のせいかもしれない。

女性的とも言える容姿だけれど、か弱い印象はなかった。凜《りん》としていて、しかも無表情だ。近寄りがたい雰囲気を放っている。ここだけの話だが、初めて会ったときは、反社会的勢力、つまり暴力団関係者の方かと思ったくらいだ。とにかくオーラがあった。

そのくせ優しいのだから、反則である。この外見で中身のほうもいいのだから、どうしようもない。好きにならないほうが、どうかしている。この世の全女性が憧《あこが》れるような男性だった。

かの子が朔をどう思っているかは、言うまでもないだろう。今も、頬が熱くなっている。

「どうした？　まだ仕事が残っているのか？」

「い……いえ……」

どうにか首を横に振り、かのこ庵の片付けを始めた。朔は手伝うつもりで来たようだが、客が来なかったこともあって頼むような仕事はなかった。そうでなくても、鎮守に雑用を頼んではならない。

「では、神社に戻っている」

鎮守でもある朔は、滅多に神社を離れない。かの子はその神社に居候していた。職場が近い上に、優しいイケメン付きである。しかも家賃は必要ないと言われている。人生の運を使い果たしたような待遇であった。一億一千万円の借金は、身もだえするほど重いけれど。

「早く休むんだぞ」

「は……はい。朔さん、おやすみなさい」

ここまではよかった。かなり、よかった。何の問題もないどころか、朔と話すことができて癒《い》やされた。ドキドキする時間を過ごすことができた。

問題は、このあとだ。神社に戻っていく朔を見送っていると、かのこ庵の建物の陰から声が聞こえてきた。

「行きましたわね」

「そのようでございますな！　もう姿はみえませぬぞ！」

こそこそしているくせに、騒々しい。両方とも、知っている声だった。建物の陰をのぞき込むと、桜色の着物を着た八歳くらいの女児と、黒猫が額を寄せて話し合っていた。

「チャンスね！」

「今しかございませぬぞ！」

女児の幽霊・しぐれと妖のくろまるである。ふたりは、この御堂神社の眷属《けんぞく》でもあった。

主従関係というには、ざっくばらんすぎる感はあるけれど、朔を慕っているのは間違いない。

それなのに、今は見つからないように隠れていた。不審であった。嫌な予感がする。

こんなときは、見なかったことにするのが一番である。

声もかけずに、こっそり神社に帰ろうと思ったが、遅かった。

「あら、かの子さんがいらっしゃるわ」

しぐれが言った。いつもと口調が違う。この娘に、さん付けで呼ばれたことなどなかった。

「奇遇でございますな、姫！」

くろまるの口調は普段通りだが、発言がわざとらしい。奇遇も何も営業時間中なのだから、いるに決まっている。そもそも建物の陰から見ていたではないか。

「ええと、何か用事でも……」

とりあえず言ったところ、もの凄《すご》い勢いで食いついてきた。

「そこまで言うのでしたら仕方ありませんわっ！　かの子に頼んであげても、よろしくてよ！」

「姫、お願いしますぞ！」

意味が分からなかった。いつも元気だが、今回はハイテンションすぎる。嫌な予感は大きくなった。

しかし、もう逃げられない。聞かなかったことにはできない。くろまるとしぐれが、じっとこっちを見ている。キラキラと目が輝いていた。

かの子は観念して問い返した。

「何をすればいいの？」

○

そして、深夜のコンビニにやって来た。ふたりの頼みは、スイーツを買ってきて欲しいということだった。

和菓子なら売るほどあるのだが、かの子が作ったものでは駄目らしい。作ろうかと提案したのだけれど、即座に却下された。

「時代は、コンビニスイーツですぞ！」

「死ぬ前に食べてみたいのですわ！」

全力で主張する。突っ込みどころしかない台詞《せりふ》である。江戸《えど》時代からいる妖《あやかし》と幽霊の言葉とは思えない。いつの時代のことなのか分からないし、しぐれはとっくに死んでいる。

それにしてもコンビニスイーツとは。

その名の通り、コンビニで売っている和菓子や洋菓子のことだ。独自で製造・販売している商品も多く、そのコンビニでしか買えないケースもあるらしい。

その人気は高く、年々、売上げが伸びていた。モノが売れないこの時代に売れているのだ。ＳＮＳでも話題になっているらしい。

くろまるとしぐれも、コンビニスイーツの噂を聞きつけたようだ。

「巷《ちまた》の幽霊や妖の間で評判ですわ」

「猫仲間でも噂になっておりますな！」

人間以外にも浸透しているようであった。かのこ庵の売上げが伸びないのは、コンビニスイーツに負けているからなのかもしれない。妖や幽霊たちは、人間と同じくらい流行に弱い。

「だからといって、あの子たちまでコンビニスイーツを食べたがるなんて」

かの子は、ぶつぶつと文句を言った。不審者扱いされる手前であった。それくらい納得がいかなかった。

「しょせん大量生産品だから」

職人の作った菓子には敵《かな》わない。そう思っていた。これまでコンビニスイーツを食べたことはなかった。

「プリンを食べたくてよ」

「我は、マリトッツォを所望いたしますぞ！」

黒猫の妖が、ハイカラなことを言い出した。マリトッツォとは、大量の生クリームをパンに挟んだ菓子のことである。少し前に大ブームが起こり、今でも人気があるようだ。おはぎにクリームを挟んだ『はぎトッツォ』、メロンパンでクリームを挟んでいる『メロトッツォ』など類似の商品も多数展開されている。

「コンビニで買わなくても、ちゃんとしたお店で売ってるのに」

かの子としては、和菓子屋や洋菓子店で買って欲しかった。コンビニスイーツを一段下に見ていたのかもしれない。

「コンビニのものが食べたいのでございますぞ！」

「時代は、コンビニスイーツですわ！」

さっきから、こればかりだ。言っても聞かないのだから仕方ない。かの子は、プリンとマリトッツォ、それから他にもいくつかの商品を買った。

「これでいいんでしょう？」

やけくそ気味に呟《つぶや》くと、くろまるとしぐれがコンビニの外で歓声を上げた。

○

かのこ庵は、趣のある木造建築だ。

入り口の前には、江戸時代の茶屋を思わせる長方形の腰掛け——木製の縁台が置かれていて、鮮やかな色の緋毛氈《ひもうせん》が敷いてあり、夜だというのに、朱色の野点傘《のだて》が立っていた。

ちなみに野点傘とは、野外で茶を点《た》てるときに用いられる傘のことだ。古くは、豊臣《とよとみ》秀吉《ひでよし》主催の茶会で用いられたという記録が残っている。

その野点傘の下で、かのこ庵の客たちは和菓子を食べる。かの子が作った和菓子を食べてくれる。美味《おい》しいと言ってくれる。職人冥利《みょうり》に尽きる情景だった。

だが今日は緋毛氈の上に、コンビニの袋が載っている。かの子の作った和菓子は、どこにもない。

「いくらなんでも、これは……」

文句が口を突いて出た。風流さの欠片《かけら》もなかった。職人冥利が、どこかに飛んでいってしまった。

そんなかの子の気持ちに頓着《とんちゃく》する素振りもなく、ふたりは口止めを始めた。

「若には内緒でございますぞ！」

「さんにんだけの秘密ですわよ！」

こんなことで怒る朔ではないと思うが、言いにくいのは分かる。親に隠れて買い食いする子どものような気持ちなのだろう。

「わざわざ言うことじゃないけど……」

かの子は言葉を濁した。言いつけるつもりはないけれど、やっぱり、コンビニスイーツなんて食べて欲しくなかった。

ならば買わなければよかったようなものだが、このふたりに頼まれると弱い。今さら取り上げるのはかわいそうだとも思った。何しろ、くろまるとしぐれは上機嫌なのだから。

「話題のマリトッツォでございますぞ！　スイーツ界の黒船ですな！」

「くろまるの情報は古いですわ。マリトッツォは、もはや定番のスイーツですわよ」

かの子より詳しい。どこで情報を仕入れているかは謎である。幽霊や妖仲間から聞いたのだろうか。

「若に見つからぬうちに食べますぞ！」

「そ……そうね」

くろまるとしぐれがキョロキョロしている。すでに見つかっているような気もするが、朔は顔を出さない。

「飲み物もありますぞ！」

「かの子さんは気が利きますわ！」

何やら褒められた。いつもなら、お茶を淹《い》れるところだが、今日はコーヒーを買ってきた。それこそ、すっかり定着したコンビニコーヒーである。ちなみに、かの子はコンビニコーヒーも口にしたことがなかった。

「勉強不足ですわね」

「その通りでございますぞ、姫。商人《あきんど》たる者、常に世間で売れている商品に気を配らなければなりませぬぞ」

パシリにされた上に、説教までされてしまった。しかも言っていることは大きく間違っていない。一理あった。

頼まれたプリンとマリトッツォ以外にも買ってきたが、それは思わず手が伸びたからだ。

コンビニスイーツに好感を抱いていないかの子ですら、こうして買ってしまう。なぜか買ってしまった。そんな魅力があった。

「しゃべっていては、コーヒーが冷めてしまいますぞ！」

「まったくですわ。お話は食べてからするものですわよ」

しゃべっているのは、かの子ではないのだが、注意された。そして、言い返す暇もなく、ふたりはコンビニスイーツを食べ始める。

「実食ですわ！」

「我も食べますぞ！」

そして歓声を上げた。

「このプリン、美味しいですわ！　ちょうどいい甘さですわ！」

「マリトッツォもイケますぞ！　噂に違《たが》わぬ味ですぞ！」

「コンビニスイーツ、最高ですわ！」

「その通りでございますな！　美味しゅうございますぞ！」

絶賛であった。かの子は、やっぱり面白くない。

（いくら何でも褒めすぎじゃあ……）

プリンもマリトッツォもコンビニではなく、ちゃんとした洋菓子店で買ったほうが美味しいに決まっているのに。

眉《まゆ》を顰《ひそ》めていると、くろまるとしぐれが言ってきた。

「姫も味を見てくだされ！」

「そうですわよ。食べるのも勉強ですわ」

食べたくなかったが、勉強と言われては断るわけにはいかない。気の乗らぬまま、まずコーヒーに手を伸ばした。

「いただきます」

口の中で呟くように言ってから、コンビニコーヒーに口をつけた。美味しくなかったら、スイーツは遠慮するつもりだった。しかし。

「……え？」

思わず声がでた。かの子は驚いていた。美味しかったのだ。あまり知られていない話かもしれないが、和菓子職人にもコーヒー好きは多い。豆を選び、道具を選び、手間暇を掛けてコーヒーを淹れる職人もいる。だから、コーヒーについては、それなりに舌が肥えていた。

手間暇かけて淹れたコーヒーよりも美味しいとは言わないけれど、明らかに劣っているわけでもない。コンビニコーヒーの値段を考えれば、あり得ないクオリティだった。そこらの喫茶店には負けていない。

（こんなに手軽に、このレベルのコーヒーが飲めるんだ……）

衝撃を受けたと言っていい。売れるのは当然だ。

「専門家ぶってないで、買ってきたお菓子を食べたらどうかしら？」

「ちゃっかり自分の分まで買ってあるとは、姫も隅に置けませんなっ！」

その通りであった。買うつもりなんてなかったのに、コンビニスイーツを軽く見ていたのに、気づいたときにはカゴに入れていた。ついでに買っていた。

「なんか買っちゃって」

言い訳するように言うと、ふたりが大きく頷《うなず》いた。

「罠《わな》ですわ。コンビニスイーツの罠にかかったのですわ」

「これぞ、孔明《こうめい》どのの罠でございますな」

まるでコンビニの常連のような言い草である。ただ、孔明は関係ないような気もするが。

「いいから食べなさいな」

「うん」

かの子が買ったのは、どら焼きをマリトッツォ風にアレンジしたものだった。それを見て、くろまるが唸《うな》った。

「『どらトッツォ』を選ぶとは、さすがでございますなっ！」

何がさすがなのか分からないけれど、おそらく言った本人も分かっていないだろう。いつものことである。

それはともかく、『どらトッツォ』というネーミングは面白い。和菓子にも言えることだが、名前は重要だ。

「いただきます」

改めて言って、どらトッツォに手を伸ばした。あんことクリームがたっぷり入っているからなのか、ずっしりと重かった。

（胃がもたれそう……）

　そう思いながら、おそるおそる食べてみた。クリームがあっけないほど簡単に口の中で溶け、あんこと混じり合った。

「……普通に美味しい」

　見た目や『どらトッツォ』という名前は派手だが、考えてみれば、あんことクリームの組み合わせは珍しくない。舌に馴染《なじ》みのある味だった。定番の味わいと言っていい。

　クリームがたっぷり入っているので軽くはないが、心配したほど胃に負担はかからなかった。

「いくつでも食べられそう」

　実際、あっという間に完食してしまった。味を見るだけのつもりだったのに。

「孔明の罠ですわ」

「敵ながら、あっぱれでございますな」

　三国志の英雄を敵に回したおぼえはないけれど、確かに、コンビニスイーツは商売敵である。それも強敵だ。

　コンビニで商品を見たときに思ったことだが、手頃な値段のスイーツがある一方、高級路線のものもある。その両方が売れているのだ。かの子自身も、ついつい買ってしまった。

「安いだけで売れる時代ではございませぬぞ」

「安売りはバカのすることですわ」

くろまるとしぐれが、言葉を重ねた。バカは言いすぎだけれど、どんな商品にも適正価格があるのは事実だ。

商品を売るために値段を安くすればいいというのは、小学生でも思いつく。誤解を恐れずに言ってしまえば、頭を使わずに済む商法だ。

ましてや小さな商店では、働いている人間の負担——休日出勤や時間外労働によって値段が安くなっている場合がある。

「自分を犠牲にして儲《もう》かっても意味がありませんわ」

「無理をしてはなりませぬぞ」

ふたりが、かの子の考えていることを見抜いたように言った。これも、その通りだ。人間を犠牲にして値段を下げているのだ。

かの子が知らないだけで大手企業でもそうなのかもしれないけれど、いずれにせよ、遅かれ早かれ限界が訪れる。働いている人間が潰《つぶ》れてしまう。働き手が疲れれば、国全体が疲弊していく。景気が悪くなっていく。

かのこ庵にしても値段は高くない。コンビニスイーツよりも安いものも多い。それでも、近所のコンビニより売れていない。

また、もう一つ、コンビニスイーツを実際に食べてみて分かったことがある。

「食べる人のことを考えていなければ、この味は出ませんわよ」

「コンビニスイーツを作っている御仁も、姫の仲間でございますぞ！」

「仲間だなんて……」

力なく首を振った。コンビニスイーツを下に見ていた自分が恥ずかしくなったのだった。仲間だなんて烏滸《おこ》がましい。

食べもしないで否定するのは、職人としてやってはならないことだ。それなのに、伝統的な和菓子を尊ぶあまり、手軽に食べることのできるスイーツを頭から拒絶していた。考えが足らなかった。未熟だった。自分は、コンビニスイーツを作っている人たちの足もとにも及んでいない。

「落ち込まなくても、よろしくてよ。昨日の自分を反省できるのは、進歩した証拠ですわ」

「さようでございますぞ！　人生は勉強でございます！　自分が未熟だったことを知るのは、成長した証《あかし》ですぞ！」

釘《くぎ》を刺され、励まされた。かの子は、ふたりを見直した。見た目はちびっ子だが、さすがは人生の大先輩だ。大切なことを教えてくれる。これを気づかせるために、かの子にコンビニスイーツを買わせたのだろう。

他人を否定するのは簡単だし、自分が偉くなったような気分を味わえるけれど、それでは何も成長しない――。

だが、そう思ったのは間違いだった。しぐれとくろまるを見直したのは、気の迷いだった。

コンビニスイーツを食べ終えると、ふたたび何やら言い出した。

「次は、サンドイッチを食べたいですわ。たまごサンドがいいわ！」

「我は中華まんを所望しますぞ！」

かの子の顔をじっと見ている。催促するように見ている。もう一度、コンビニにいかなければならないようだ。

◯

その翌日の朝早く、竹本和三郎《たけもとわさぶろう》が御堂神社にやって来た。日本橋《にほんばし》にある名店・竹本和菓子店を作った男だ。和菓子職人であったかの子の祖父の弟弟子でもある。もう七十歳をすぎているが、かなりの二枚目だ。今日も白髪を綺麗《きれい》に撫《な》でつけて、渋い紺色の着物を着ていた。痩《や》せ過ぎているきらいはあるものの、目鼻立ちが整っていて着物のモデルのようにも見える。

若いころから「名人」と呼ばれていて、知る人ぞ知る存在だったかの子の祖父と違い、和三郎は雑誌やテレビで取り上げられることも多く、いわば有名人だ。海外にまでファンがいる。女性人気も高く、歌舞伎役者のように「和三郎さま！」と呼ばれることもあった。

そんな和三郎だが、店を息子である新《あらた》に任せて、自身は隠居している。竹本和菓子店に出ることもない。秩父《ちちぶ》に引っ越すという話だったけれど、まだ深川《ふかがわ》で暮らしていた。

「いつでも遊びに来るといい」

そう言ってくれた。もう従業員でもないのに、和三郎は優しい。兄弟子の孫だからか、かの子に親切にしてくれた。

けれど最近は、あまり家にいなかった。竹本和菓子店を何度か訪ねたが、たいてい留守だった。友人たちに会ったり、すでに他界している奥さんの墓参りをして暮らしているようだ。

「忙しそうにしていますよ」

と、息子の新は言っていた。どこに行っているのか、正確には把握していないらしい。とにかく秩父に行く気配はなかった。

(引っ越しをやめたのかなあ)

本人に聞いたわけではないが、そんなふうに思っていた。あの和三郎が口に出したことをやめるとは思えないけれど、現実に引っ越す気配がないのだ。

もちろん、かの子にしてみれば、そばにいてくれたほうが嬉《うれ》しい。祖父母だけでなく、両親も死んでしまっているので、和三郎を家族のように思っていた。尊敬していたし、大好きだった。

その和三郎が神社にやってきて、かの子に話しかけてきた。頼み事をしてきたのだった。

「今日でも明日でもいいんだけど、時間をもらえるかね」

人間国宝級の名人にもかかわらず、いつだって腰が低い。

「忙しいかね？」

「いえ」

正直に答えた。かのこ庵は夜の店で、日が沈むまでは自由にしていいと言われている。このとき、かの子は境内の掃除をしていた。やることはこれくらいで、他に予定は入っていなかった。

「今日でも明日でも、どちらでも大丈夫です」

そんなかの子の返事を聞いて、和三郎は愁眉《しゅうび》を開いた。

「じゃあ、これから店に来てもらえるかね」

「竹本和菓子店にですか？」

「ああ。実は、味見して欲しい新作があってね」

味見。

新作。

胸がときめいた。国宝級の和菓子職人の新作を味見できるのだ。誰がどう考えたって断るわけがない。職人の端くれとしても、和菓子好きとしても見逃せない機会である。

「すぐ行きます！」

こうして、竹本和菓子店に行くことになった。

○

すぐと言っても、境内の掃除が終わってからだ。居候している以上、手を抜くことはできない。朔は何も言わないだろうけれど、性格的にも適当に終わらせることはできない。

鎮守の森があるだけに枯れ葉が多くて、清潔に保つのは大変だった。でも掃除が行き届かず見苦しいと、せっかくお参りに来てくれる人に失礼だと思った。境内は、かのこ庵の店先でもある。掃除をすることは、店主としての仕事の一環とも言える。

「すみませんが」

と頭をさげて、和三郎に先に帰ってもらい、掃除に精を出した。そして、三十分後くらいに追いかけた。

くろまるやしぐれに話せば一緒に行きたがるだろうが、まさか妖怪《ようかい》や幽霊を連れていくわけにはいかない。普通の人間である和三郎には、ふたりの姿は見えないのだろうし。そんなわけで、一人で行くことにした。

季節は春だ。最近は、気温が高い。早くも夏を思わせる暑い日がある。春がなくなってしまったかのように思えるときもある。実際、年を追うごとに、平均気温は上昇してうだ。

「このまま暑くなり続けるのかなあ……」

春なのに三十度を超える日が続くようになったら、季節の和菓子のラインナップも変えたほうがいいだろう。伝統的な和菓子ばかりでは、時代の変化に耐えられなくなりそいるという。

「もっと、がんばらないとね」

かの子は気を引き締めるが、がんばるのも限界がある。ときどき、ため息が漏れる。慣れない店長の仕事に疲れているのかもしれない。

その後は無言で、竹本和菓子店のある日本橋まで歩いた。それなりに離れてはいるが、そう遠くはない。七十歳過ぎの和三郎でも歩ける距離である。かの子の年齢なら、散歩にもならない道のりだ。

汗をかくでもなく、竹本和菓子店に着いた。今日は定休日らしく、暖簾《のれん》は出ていなかった。招かれたのだが、買い物客ではないので裏口に回った。かつて働いていたから、どこに何があるかは知っている。

「おはようございます。杏崎です」

声をかけると、新が顔を出した。息子なのだからいて当たり前なのだが、かの子はぎょっとした。

竹本和菓子店に勤めていたときから、彼のことが苦手だった。今も苦手だ。顔を見ただけで引いてしまう。

それでも礼儀として挨拶《あいさつ》をした。

「ご……ご無沙汰《ぶさた》しています」

「先日、神社で会ったばかりですよ」

嫌みな台詞《せりふ》が戻ってきた。通常運転である。しかも素っ気ない口調だった。どうでもよさそうに、かの子から顔を逸《そ》らし、大根役者が与えられた台詞を棒読みするように続けた。

「父が待っています。どうぞ上がってください」

まったく歓迎していない口調だ。鈍いと言われることの多いかの子だけれど、新の気持ちは分かっている。自分は嫌われている。苦手なタイプなのだろう。言ってみれば、お互いさまである。

「お邪魔します」

愛想のない声で言ってしまった。

○

「おはようございます。杏崎です」

かの子の声を聞いただけで、心臓の鼓動が早くなった。新は、彼女のことが好きだった。もう三十歳なのに、初恋のときのような気持ちになる。だが、鈍いかの子は気づいていない。

黙っていては伝わらないと批判されるかもしれないけれど、告白どころか恋敵と思われる朔に宣戦布告までしている。

「あなたには負けません」

わざわざ御堂神社まで出かけて行って言った。かの子と朔の目の前で宣言した。胸をドキドキさせながら、自分の気持ちを打ち明けた。

でも無駄だった。誰がどう聞いたって意味するところは明らかなのに、彼女には伝わらなかった。戻ってきたのは、間の抜けた言葉だった。

「ええと……。負けないって、朔さんは和菓子職人じゃないですよ」

誤魔化したわけではない。天然を装っているわけでもない。新が朔を和菓子職人として敵視していると、かの子は本気で思っている。

生まれて初めて告白したのに、神社まで出かけて行って、二枚目の恋敵に宣戦布告したのに、この結末は恥ずかしい。さすがの新もショックを受けていた。

（言い方が悪かったのだろうか？）

（ストレートに「好きだ」と言うべきだったのだろうか？）

言っても無駄だったような気もする。ずっと悩んでいた。そのショックから立ち直れないうちに、かの子が訪ねてきたのであった。父と仲がよく、新とは関係なく、ときどき顔を見せるのだった。

自分と会いに来たわけではないけれど、できることなら顔を合わせたくなかったけれど、試食の席には立ち会うように父から言われていた。

「骨を拾ってくれると言ったのに」

かの子を呼んだと聞いて、父に抗議した。これでは骨も残らなくなってしまう。話が違う。だが、和三郎には通じない。

「子どもの骨を拾うのは、親の役目じゃないからね。親は、火葬場で骨を拾ってもらうほうだろう」

真面目な顔で、縁起でもないことを言う。

「お父さんの骨を拾うのは、しばらく遠慮します。二十年か三十年後にご相談ください」

そう言い返すのがやっとだった。

○

厨房《ちゅうぼう》ではなく、自宅の台所に案内された。和三郎は作業をしていた。かの子が来る時間に合わせて準備してくれているのだろう。

振り返りもせず、かの子に声をかけてきた。

「もうできるから座っていておくれ」

「は……はい」

挨拶する間もなく促されて椅子に座った。新がお茶を淹《い》れてくれたが、やはり気まずい。苦手意識は消えない。

ありがとうございます、と口の中で呟《つぶや》くように返事をすると、ふいに和三郎が明るい声を上げた。

「これでいい。さっそく、二人に味を見てもらうとするか」

新作が出来上がったようだ。それにしても、ずいぶんと張り切っている。自信作なのかもしれない。

竹本和三郎と言えば、日本和菓子界の重鎮である。伝統的な和菓子を作らせたら、彼の右に出る者はいない。華道や茶道の家元たちが、大切な会合で和三郎の和菓子を好んで使うくらいだ。

かの子は期待した。みやびな和菓子を食べることができると思ったのだ。和三郎の作る和菓子は、いつだって、わびさびを感じさせる。失われつつある日本の美しさを凝縮したような逸品を想像した。

しかし、違った。まったく違った。

「これを食べて欲しいんだ」

そう言って和三郎がテーブルに置いたのは、予想外のものだった。厳密に言うと、和菓子でさえなかった。わびさびを感じる人間は少ないだろう。いや、ある意味、わびさびか。

「これは……」

言葉に詰まるかの子に向かって、和三郎がその予想外のものを紹介した。

「和パフェというやつだよ」

和風のパフェだった。なんと驚いたことに、あの竹本和三郎がパフェを作ったのだった。

もはや定着しすぎて、改めてパフェとは何かを説明するのは逆に難しい。一般的には、アイスクリームに果物やチョコレートを添えて盛り付けたデザートのイメージだろうか。自由度が高く、いろいろなパフェが作られている。その中でも、和素材を使ったパフェは人気が高かった。抹茶やほうじ茶、もなか、わらびもちなどが使われていることが多い。

和三郎はその和パフェに挑戦したのだった。竹本和菓子店には、存在しないメニューである。

「和パフェとは面白いですね。店でも出そうと思っていたところです」

新が、父親の作った和パフェを見て言った。名人と呼ばれた和三郎から店を引き継いだ二代目は、いろいろと苦労している。常に偉大な父親と比較されていた。

そうでなくても、日本橋は、和菓子の激戦区だ。どらやきで有名な『うさぎや』、カステラの『文明堂』、羊羹《ようかん》の『とらや』など名店も多く、和菓子好きにとっては「聖地」とも言える場所だ。店を維持することさえ難しい土地柄である。

代替わりをした結果、竹本和菓子店の売上げは落ちていた。新は客を呼び戻すべく、旧来の和菓子の枠にとらわれない商品に手を伸ばしていた。

少し前までは、それが嫌だった。昔ながらの和菓子で勝負して欲しかった。ましてや和パフェなんて、と思うはずなのに、今のかの子は興味を惹《ひ》かれている。和三郎が作ったということもあるだろうけど。

「まあ、とにかく食べてみてくれないかね」

和三郎に促されて、かの子はパフェを改めて見た。シンプルなガラスの器に小倉アイスと、つぶあん、こしあんが盛り付けてある。「小豆《あずき》づくしパフェ」とでも呼ぶべき見かけだ。

(確かに、和パフェだ)

ガラスではなく、黒塗りの陶磁器を使っても受けそうだ。

「いただきます」

スプーンを手に取り、小倉アイスを口に運んだ。

「……美味《おい》しい」

思わず言葉が出た。甘すぎず、さっぱりしていて、口の中でふわりと溶ける。市販の小倉アイスではあるまい。

「ご自分で作られたんですか？」

「よく分かったね」

和三郎がにっこりと笑った。以前も、あんバタートーストを作っていた。人間国宝級の名人になってさえも、新しいものに挑戦している。その姿を見ているだけに、やっぱり分からなかった。

（どうして隠居しちゃったんだろう？）

病気と聞いていたし、確かに痩《や》せているが、こうして見るかぎり元気そうだ。和菓子作りへの情熱も失っていない。

秩父で店を出すために竹本和菓子店を息子に譲ったという話を聞きはしたけれど、いまだに都内にいる。しかも、どこに行っているのかは謎だが、頻繁に出かけているらしい。

（東京にいなきゃならない用事があるのかなあ……）

それも疑問だった。東京でなければ駄目な用事が思い浮かばない。秩父は遠いが、出てこられないほどの距離でもないのだから。

かの子がそうして首を傾げていると、和三郎がまた言ってきた。

「さあ、あんこも食べておくれ」

「は……はい」

勧められるがままに食べてみた。つぶあんもこしあんも美味しかった。竹本和三郎が作ったのだから当然だ。

つぶあんは歯触りもよく食べ応《ごた》えがあり、こしあんは口の中でクリームのように溶ける。同じ材料で作っているのに、別の食べ物のようだった。あっという間に完食してしまった。

「どうかね？」

和三郎に問われた。本気で感想を聞きたそうな顔をしている。かの子ごときが烏滸《おこ》がましいと思うが、返事をした。

「すごく美味しいです」

芸のない返事である。けれど、他に言いようがなかった。何もかもが磨き抜かれている。洗練された和パフェだった。

かの子はそう思ったのだが、反対意見を言う者がいた。

「和パフェとしては微妙ですね」

新だ。小倉アイスとあんこを半分くらい食べて、スプーンを置いていた。竹本和三郎にダメ出しをしている。

かの子はヒヤリとしたが、和三郎はその意見を予想していたのか、穏やかに聞き返した。

「微妙とは手厳しいねえ。どこが悪かったのか教えてもらえるかね」

「悪いのではなく微妙なんです」

名人相手に諭すような口調で言った。自分の親ということもあるだろうが、遠慮しないのは新の性格だ。相手の気持ちに頓着《とんちゃく》することなく、はっきり言えばいいものだと思っている節があった。

(だから苦手だ)

かの子は、ふたたび思う。こちらの勘違いもあったとはいえ、この男のせいで失業しているので、苦手意識は根強かった。

父親である和三郎は慣れているのか怒りもせず、首を軽く傾げた。

「微妙……分かるように言ってくれないか」

「では遠慮なく」

最初から遠慮するつもりなどないくせに、新はそんな前置きをし、銀行員のような事務的な口調で続ける。

「そもそもの話として、これではパフェにした意味がありません。小倉アイスとあんを別々に食べても変わらないですから」

(た……確かに)

かの子は唸《うな》った。その指摘は的を射ていた。変わらないどころか、別々に食べたほうがちゃんと味わえるとまで思った。

小豆アイスは美味しいし、あんこも美味しい。でも、それだけだった。一緒に食べての相乗効果はない。

「それから、地味すぎます」

これも的を射ている。和菓子にかぎらず、食べ物は見映えが重要だ。それがパフェとなれば、いっそうだろう。

和三郎の作った和パフェはシンプルな美しさはあるものの、新の言うように地味だった。言ってしまえば渋すぎる。SNSに投稿される種類の美しさではない。通好みであった。

また、名人が作ったという先入観があるためかもしれないが、気軽に食べてみようと思えない見かけだ。いかにも高そうで、手に取るまでのハードルが高い。ある意味、コンビニスイーツとは対極にある。

「なるほどねえ」

和三郎が腕を組んだ。新に指摘された欠点に気づいていたのか、苦笑いを浮かべていた。

しばらく、そうして考え込むようにしてから、突然切り出した。

「二人に頼みがあるんだ」

用意されていた台詞《せりふ》のように聞こえた。どうやら、最初からこうなることを見越していたようだ。かの子を味見のためだけに呼んだのではなさそうである。

「何でしょう？」

新が問い返すと、和三郎が即座に答えた。

「和パフェを作ってくれないかね」

「それは、これをお手本に作ってみろという課題でしょうか？」

かの子も同じことを思った。若い二人を――特に未熟なかの子を鍛えようとしているのだと考えた。

だが、違った。和三郎の意図は、そこにはなかった。どことなく懇願するように続けた。

「課題だなんて、とんでもない。だって、私の和パフェは微妙で地味なんだろ？――いや、否定しなくてもいい。自分でも分かっているんだ。だからね。二人に手本になる和パフェを作って欲しいんだ」

しかも、注文が付いていた。

「若い女性が好むような和パフェを作って欲しいんだ」

その言葉は意外だった。驚いたらしく、新が眉《まゆ》を上げた。

「若い女性ですか……？」

「そう。作ってくれるかね？」

「それは構いませんが」

新が曖昧《あいまい》に頷《うなず》いた。竹本和菓子店で出そうと思っていたくらいだから、和パフェを作ることに異論はないようだ。ただ、「若い女性向け」という条件が不思議だったのだろう。

若い女性限定というのは、どうにも和三郎らしくない。年齢や性別を気にするタイプではなかったはずだ。

しかし、商売としては若い女性をターゲットにするのは間違っていない。竹本和菓子店は名店だが、若者客の取り込みに成功しているとは言えない。常連客の高齢化が進んでいた。

今後のことを考えるなら、若い女性がターゲットの商品を開発しておくべきだろう。和パフェならSNSで話題になりやすい。

「かの子ちゃんにも頼んでいいかね」

「はい」

このときは簡単に頷いた。事情も聞かずに頷いてしまった。おのれの力量も考えずに頷いてしまった。

自分は何も知らなかったんだと、あとで思うことになる。

あとで悔やむことになる。

金つば

金鍔《きんつば》、金鍔焼とも。今や四角い形が主流だが、本来はその名のとおり刀のつばを思わせる丸形で、指で押し跡をつけ、つばの形により似せたものも作られていた。

そもそも金つばの前に、銀つばという菓子があった。これは京都の清水坂《きよみずざか》で売られていた餡《あん》入りの焼餅《やきもち》で、生地には米の粉が使われていた（『雍州府志《ようしゅうふし》』一六八四序）。

「事典 和菓子の世界 増補改訂版」岩波書店

春の隅田川《すみだがわ》と聞いて、『墨堤《ぼくてい》さくらまつり』を思い浮かべる人もいるだろう。左岸の隅田公園の墨堤で行われている祭りだ。

江戸時代、徳川八代将軍吉宗《よしむね》が隅田川両岸に桜を植えたことから、桜の名所となっている。今も、隅田川沿いを歩くと、美しい桜を楽しむことができる。

かのこ庵の店のそばにも、桜があった。昼間はぱっとしないが、夜になると輝くばかりに花を咲かせる。あっという間に散ってしまう桜の花は、儚《はかな》く美しい。まるで一夜の夢のようだった。

そんなふうに、桜が綺麗《きれい》に咲いている春の夜のことだ。かの子は、かのこ庵で開店の準備をしていた。すると、天丸《てんまる》と地丸《ちまる》が店前で吠《ほ》えた。

「わんっ!?」

「わんっ!?」

いつもと鳴き方が違う。驚いているような声だった。店の外をのぞくと、天丸と地丸が神社の方向を見ていた。

かのこ庵は、神社の境内にある。社もよく見える。天丸と地丸の視線を追いかけると、そこに一人の少女がいた。

しぐれより年下だろうか。ひどく痩《や》せていて、六歳くらいに見える。真っ白な巫女《みこ》衣装に身を包み、真夜中の神社に手を合わせている。

迷子だとは思わなかった。様子が違うし、おぼろに光っている。いくら真っ白な服を着ていたからといって、生身の人間が発光するはずがない。

「幽霊……だよね」

かの子は独りごちた。幽霊が訪ねてくるのは珍しいことではない。けれど、たいていは店にやって来る。あんなふうに真剣に神社に手を合わせている幽霊を見たのは、おそらく初めてだ。

かのこ庵に来たわけではないので、声をかけるのはおかしい気もする。そうかといって、六歳の女児を放っておくのも気が引けた。幽霊だろうと、幼い子どもであることに違いはないのだから。

とりあえず近づいてみようかと思ったとき、かの子より先に、天丸と地丸が歩き出した。

「わぅん……」

「わぅん……」

いつも元気いっぱいなのに、鳴き声が小さかった。それでも、まっすぐに巫女衣装の少女のほうへ歩いていく。

天丸と地丸はおとなしい犬だが、身体は大きく、怖がられても仕方のない外見をしている。式神犬なので、普通の犬とも雰囲気が違う。少女が怯《おび》えると思い、かの子は止めかけた。

「ふたりとも——」

だが、その言葉は遮られた。

「大丈夫だ」

いつの間にか、店のすぐ外に朔が立っていた。天丸と地丸は、この朔の式神でもあった。

「でも、あの女の子が……」

「心配しなくていい」

朔がそう言ったときには、すでに天丸と地丸は少女のそばまで歩み寄っていた。そして、大きな声で鳴いた。

「わんっ！」

「わんっ！」

深川中に響くような声だった。少女が犬たちに気づき、目を見開いた。驚いた顔をしている。今にも悲鳴を上げそうに見えた。

（やっぱり怖いんじゃあ……）

幽霊や妖《あやかし》だって無敵ではない。臆病《おくびょう》でなくとも、巨大な犬に吠えられたら怖いだろう。そう思って見ていると、少女が涙をぽろぽろと零《こぼ》し始めた。震えている。泣いている。

これは助けに行ったほうがいい。

かの子は駆け寄ろうとしたが、朔の言うようにその必要はなかった。少女がそっと呟《つぶや》いた。

「やっと会えた……」

怯えている台詞《せりふ》と声ではない。改めて少女の顔を見ると、泣きながら笑っている。怖がっている顔ではなかった。

「わん！」

「わん！」

返事をするように吠える二匹のそばに、少女は駆け寄った。そして、ふたりを抱き締めた。

「天丸、地丸。……会いたかった」

少女は涙を流しながら、自分よりずっと大きな二匹の犬を、固く固く抱き締めた。天丸と地丸も、少女の身体に鼻をつけて、嬉《うれ》しそうにしっぽを振っている。

「わん！」

「わん！」

喜んでいる声だった。だが、かの子は状況が摑《つか》めない。この少女が誰で、天丸や地丸とどんな関係なのか分からなかった。なぜ、こんなに少女に懐いているのかも、突然、神社に現れた理由も分からない。

そんなかの子を見て、朔が静かな声で教えてくれた。

「あの少女の名前は、すい。江戸の終わりのころに、神への贄《にえ》にされた」

「え？　贄？」

「そうだ。供物として捧《ささ》げられた少女だ」

「そんな……」

言葉に詰まるかの子に、朔は残酷な——けれど、確かに存在していた昔の出来事を話し始めた。

少女には長い物語があった。

◯

江戸時代と呼ばれるようになったのは、のちの世のことだ。現代のように情報は届かず、江戸から離れた山奥の村では、徳川家康が幕府を開いたことさえ知られていなかった。村人たちは、百年も二百年も変わらぬ暮らしを送っていた。時代に取り残されたような集落が、そこかしこにあった。

御堂神社にやって来た少女——すいが生まれたのも、そんな山奥の村だった。江戸にも大坂にも京にも遠い場所にあった。旅人も来ないような山奥だ。村人たちは誰もが貧しく、その中でも、すいの家はとびきりの貧乏だった。

すいは、流行《はやり》病で両親を早くに亡くし、腰の曲がった祖母に育てられた。畑仕事と狩りで生計を立てるしか方法のない村なのだから、満足に働くことのできない女所帯が、貧乏なのは当たり前だ。

どうにか五つまで生きることができたのは、村人たちが死なない程度に食い物を恵んでくれたからだった。

ただ、それは貧しい年寄りと孫娘を憐《あわ》れんでのことではなかった。すいに死なれては困る理由があった。

少女が五つになった夏、とうとう、その日がやって来た。訪れてしまった。すいが神に捧げられる日が——。

その日は、朝から暑かった。もう何日も雨が一滴も降らず、村中の田畑が干からびかけていた。井戸を掘っても水は出ず、川に水を汲《く》みに行っても川底が見えるほど干上がっている。

そんなふうだから作物が育たず、食べる物がなくなりかけていた。飲み水にさえ事欠く始末だった。

現代であれば、国を挙げて対策を講じるところだが、このころはその土地でどうにかしなければならなかった。

「神が怒っておられる」

村人たちは言い出した。こんなに雨が降らないのは、神の逆鱗《げきりん》に触れたからだというのだ。

貧しい村にも神を祀《まつ》る祠《ほこら》はあるが、供物を満足に用意することができない。それが神の怒りを買ったのだと考えているようだ。

いや、考えてはいない。大昔から言われていることを、いまだに真に受けているだけだ。

雨が降らなくなるたびに贄を送っていた。犠牲になる少女がいた。貧しい山村ゆえに口減らしの意味もあったのかもしれないが、表面上は、誰もが神を信じていた。信じなければ暮らして行くことができなかった。

すいは、贄として村で育てられたのだった。このときのために生かされていたと言っても過言ではない。幼くして親を失った娘は、贄の候補になる。ただの候補で終わることは滅多になかった。

雨が降らない日がさらに続き、ある日、村の代表がすいの家にやって来た。挨拶《あいさつ》も抜きに、残酷な知らせを突きつけた。

「神のもとへ行くときが来た」

すいが贄にされるのは決まったことだった。村人たちが、勝手に決めた。

「婆《ばあ》とどこかに行ってしまおうか」

贄に送られる日が決まったとき、祖母が真面目な顔で聞いてきた。すいを贄にしたくなくて、これまでずっと村人たちに頭をさげていたが、やっぱり誰も聞く耳を持たなかった。土下座しても無駄だった。贄にするために養ってきたとまで言われたようだ。

――祖母とどこかに行く。

頷《うなず》きたかった。贄になんてなりたくない。どこか遠くに行ってしまいたかった。こんな村から離れたかった。

でも、頷くことはできない。腰の曲がった祖母が、この村の他で生きていけるとは思えなかった。村から出たことさえないのだから。

「大丈夫。心配しなくて大丈夫。わたし、神さまのところに行くんだよ。贄に選ばれるなんて幸せなことなんだよ」

すいはそう答えた。何も信じてもいないくせに、村人たちに教えられたことを繰り返した。悲しくても怖くても、笑うしかなかった。喜んでいるふりをするしかなかった。数えで五つになったばかりだけれど、少女はそう答えるしかないことを知っていた。


山奥にある村から、さらに半日以上も歩いたところに大きな洞窟《どうくつ》があった。その洞窟の前には、朽ちかけたしめ縄が飾られている。この洞窟こそが、すいが送られる場所だ。神を祀っていると言いながら、ここに近づく者はいない。何年かに一度、少女を連れて来るとき以外は。

「贄の祠」

村ではそう呼ばれている。すいどころか祖母が生まれる前から、贄の祠は存在していたようだ。

これまで何人――何十人もの少女が、贄として神に差し出されている。この場所に連れてこられて、戻ってきた者は一人もいない。

日照りや長雨、地震、流行病。

人間の手に負えない出来事に襲われるたびに、少女が犠牲になる。村長《むらおさ》や村の方針を決める地主は、たいていは年寄りだ。老い先短い村の権力者が、幼い少女をここに送る。

贄を差し出した後、平穏になることもあれば、何も変わらないこともある。それにもかかわらず、贄の習慣は続いていた。やめようと言い出す者は、誰もいなかったという。

すいも、贄の祠に連れてこられた。真っ白な巫女《みこ》衣装を着せられ、三日分の食べ物――干しいもをもらった。こんなにたくさんの食べ物を見たのは、生まれて初めてのことだった。

「ありがとうございます」

改めてお礼を言ったが、すいを贄の祠に連れてきた村人たちは返事をしなかった。一言もしゃべらず、少女と目を合わせることもせず、そそくさと祠から遠ざかっていった。

彼らだって、好きでこの役割をやっているわけではない。誰もが嫌がる仕事を押し付けられたのだ。

その背中に向かって、すいはもう一度頭をさげた。ありがとうございます、と繰り返した。さようなら、と言った。これから死ぬのだと分かっているのに、涙は出なかった。

村人たちが行ってしまうと、独りぼっちになった。洞窟の前に立っていても仕方がないので、中に入っていった。

祠の奥には茣蓙《ござ》が敷いてあって、粗末ではあるけれど休めるようになっていた。

小さな身体で半日以上も歩いてきたために、すいは疲れていた。祖母と別れるのが嫌で、昨夜はあまり眠っていない。

考えてみれば、村にいたときだって薪を拾ったり、野草を摘みに行ったりと忙しく、満足に眠ったことはなかった。

「もう寝てもいいんだよね」

誰もいない祠の奥で呟《つぶや》いた。もう笑わなくていいんだよね、とも呟いた。そして茣蓙に身体を横たえた。何人もの贄《にえ》の少女が身体を休めたであろう茣蓙に転がったのだった。

次の瞬間には眠っていた。このまま目覚めないことを、心のどこかで祈っていた。苦しいのも痛いのも嫌だった。

(目が覚めたら、極楽にいるといいなあ)

そんなふうに思ったのかもしれない。

貧乏人の願いは叶《かな》えてもらえない。すいは、そのことをよく知っていた。今までだって叶えてもらえなかった。

それどころか、大切にしていたものは、全部、何もかも取り上げられた。失うだけの人生だった。

父と母はいなくなった。祖母との暮らしも取り上げられた。そして、今、自分の命さえ取り上げられようとしている。

このまま目覚めたくない。

このまま死んでしまいたい。

そんな、ささやかな願いさえ叶えてもらえなかった。ふいに物音が聞こえ、すいは目が覚めた。

最初、自分がどこにいるのかを思い出せなかった。でも、巫女衣装を着ていることに気づくと、記憶がよみがえった。

「そっか……。もうすぐ死んじゃうんだ」

肩を竦《すく》めて呟いた。祖母には、神さまのところに行くんだよと言ったが、すいは信じていなかった。

(神さまなんていないんだ)

いたとしても、この世には現れない。自分を助けてはくれない。これまで何度もそう思った。

自分の両親が死んだときだけではなく、干魃《かんばつ》や大雨で村人たちが苦しんでいるときもそう思ったし、疫病が流行《はや》ったときもそう思った。

どんなに祈っても無駄だった。村人たちの祈りは聞いてもらえないし、助けてもくれない。いたとしても、すいにとってはいないようなものだった。

村人の敵は貧乏や災害だけではなかった。山に恐ろしい獣が棲《す》んでいて、ときどき、人が食われることがあった。野草を摘みに行ったときに、身体の一部を失った骸《むくろ》を見ている。

自分は神に捧《ささ》げられはしたけれど、現れるのは、きっと神さまなんかじゃない。何か恐ろしいものの餌になるのだろう。贄なんて気の利いたものじゃない。絶対に違う――。

物音が近づいてきた。足音だ。何かが洞窟の入り口のすぐそばまで来ている。その音は、人間のものではなかった。

怖かった。

でも、すいは逃げなかった。自分が村に逃げ帰れば、祖母が困ったことになる。今は贄の祖母ということで大切にされているが、すいが戻れば、きっといじめられる。村から追い出される。

暴力を振るわれて、殺されることだってないとは言えない。富も権力もない年寄りは、いつだって邪魔者扱いされる。姥捨《うばす》て山に捨てられることだってあった。

だから、すいに行き場はない。ここで、恐ろしいものの餌になるしかないのだ。

とっくに覚悟は決めてある。すいは立ち上がり、両手を合わせて祈るような格好になった。早く楽になりたいという気持ちもあったのかもしれない。生きていることは辛《つら》かった。

(痛くなければいいなあ……)

それだけを祈った。神さまなんていないと思ってはいたが、祈らずにはいられなかった。辛くない世界に行けることを願った。

だが洞窟にやって来たのは、恐ろしいものではなかった。挨拶《あいさつ》するように、彼らが鳴いた。

「わんっ!」

「わんっ！」

すいの膝丈《ひざたけ》くらいしかない子犬が二匹。黒と白の小さな子犬が現れたのだった。すいはこの子たちを知っていた。

「天丸！　地丸！」

贄の少女は、大好きな犬たちの名前を叫んだ。その名前は、すいが付けたものでもあった。

すいが二匹の子犬と会ったのは、何ヶ月か前のことだ。野草を摘みに、山の中を歩いているときに見つけた。

貧しい村では、野草は重要な食料だ。村人たちは、食べることのできる野草を争うように採った。

ただ、縄張りのようなものもあり、立場の弱い村人たちは、満足に野草を摘むこともできない。

すいの家は、その立場が弱い中でも、最下層に位置していた。飢えたくなければ——野草が欲しければ、村人たちのやって来ない山奥まで行かなければならなかった。

五つのすいが、山奥を歩くのは危ない。人を食らう獣もいるし、崖《がけ》から落ちることもあれば、転んで怪我をして動けなくなる可能性もある。迷子になってしまうことも十分にあった。

それでも働かなければ食べていけない。ぎりぎりの暮らしの中では、何があろうと休むことはできない。祖母は心配してくれたが、すいは野草を採り続けた。山奥へ入り続けた。

そんなある日、すいは二匹の子犬を見つけた。猟師が捨てたのか、もともと野犬の子なのか分からないが、村から遠く離れた山奥で出会った。

人間に慣れているらしく、すいを見ても逃げなかった。

「わん？」

「わん？」

首を傾げて、こっちを見ている。大きな犬なら恐ろしいけれど、子犬は可愛い。愛らしい犬だった。

「こんにちは」

すいは挨拶をしてから近づき、その小さな頭を撫《な》でた。それから、なけなしの弁当を分けてやった。

「わんっ！」

「わんっ！」

お腹がよほど減っていたのか、二匹はあっという間に食べてしまった。まだ、満腹にはなっていないようだ。ひもじそうな顔をしている。

すいは、自分の分もあげることにした。少し迷ってから、残りの弁当を子犬たちの前に置いた。

「わん？」

「わん？」

賢い犬らしく、もらってもいいのかと問うように鳴いた。すいは頷《うなず》き、二匹に言った。

「うん。食べて」

お腹が減っていなかったわけではない。食べ物は貴重だ。一日一度も満足に食べていなかった。

この弁当をあげてしまえば、明日まで何も食べることはできないだろう。それでも、子犬たちに食べて欲しかった。自分より小さな生き物が、お腹を空《す》かしているのはかわいそうだ。

躊躇《ためら》っている子犬たちにすすめた。

「遠慮しなくていいから」

一瞬の間があったが、空腹には勝てなかったみたいだ。

「わん」

「わん」

お礼を言うように鳴いてから、残りの弁当を食べ始めた。やっぱり賢い犬だ。腹を減らしていても、二匹で争うことなく食べている。村人たちのように奪い合うこともしない。

「じゃあ行くね」

すいは、ふたたび歩き始めた。弁当がなくなろうと、仕事はしなければならない。野草は食べることができるだけでなく、病気や怪我を治してくれる。それを治すためにも野草を摘んで帰りたかった。

最近、祖母は咳《せき》が止まらなくなっていた。まだ今日は野草を見つけていない。

「わんっ！」

「わんっ！」

犬たちが鳴き、すいの後をついてきた。その様子は、やっぱり可愛らしかった。ずっと一緒にいたいと思ったけれど、少女はその願いが叶《かな》わないことを知っていた。

自分の食べる物さえないのに、犬を飼うことなどできるわけがなかった。それどころか、村人たちに犬を取り上げられる可能性が高い。

「犬は美味《おい》しいんだって。私と一緒にいると食べられちゃうよ」

二匹を脅かすように言った。こんな意地悪な真似をしたくなかったけれど、このまま自分についてきたら殺されてしまう。本当に食べられてしまう。あんな村に連れて帰りたくなかった。

やっぱり人間の言葉が分かるようだ。

「くぅん……」

「くぅん……」

がっかりしたように鳴き、しっぽを丸めて、どこかに行ってしまった。姿が見えなくなった後も、すいは子犬たちを見送っていた。

ずっと、ずっと見送っていた。

子犬たちとは、もう二度と会えない。

諦《あきら》めていた。

けれど、すいは間違っていた。

数日後、ふたたび野草摘みに山中を歩いていると、どこからともなく二匹の子犬が現れた。

「わんっ！」

「わんっ！」

あの子たちだ。しっぽを振りながら飛びついてきた。力いっぱい飛びついてきたので、すいも転んでしまった。でも叱りはしなかった。

「こんにちは！　こんにちは！」

間の抜けた挨拶をしながら、転がったままの姿勢で、二匹の子犬を抱き締めた。力いっぱい抱き締めた。

そして、会えたのはこの日だけではなかった。その後も、すいが山に入るたびに、子犬たちは姿を見せた。

どこで暮らしているのかは分からないけれど、ちゃんと生きていて、すいをおぼえていてくれた。

「わんっ！」

「わんっ！」

しっぽを振って出迎えてくれる。そんなことが嬉《うれ》しかった。泣きたいくらい嬉しかった。

少女は、子犬に名前を付けた。天丸と地丸。友達であり、家族だった。一緒に暮らすことのできない家族だ。

「ありがとう」

すいは、お礼を言った。涙があふれると、天丸と地丸が舐《な》めてくれた。どうしようもなく、くすぐったかった。

あのときの子犬たち——天丸と地丸が、贄《にえ》の祠《ほこら》にやって来た。すいの顔を見ると、いつものように嬉しそうに吠《ほ》えた。

「わんっ！」

「わんっ！」

全力でしっぽを振っている。何も分かってないんだと、少女は思った。この子たちは、これから何が起こるのか分かっていない。すいが贄になったことが分からないんだ。

ずっと心細かった。独りぼっちのすいは、温かさに飢えていた。天丸と地丸を抱き締めたかったけれど、それはやってはならないことだと分かっていた。子犬たちに言い聞かせるように言った。

「ここにいちゃ駄目だよ。もうすぐ神さまが来るんだよ。私のことを食べに来るんだよ。あなたたちまで巻き添えになっちゃうから」

犬を食べるのかは分からないが、危ないことは確かだった。天丸と地丸を死なせたくなかった。だから抱き締めなかった。抱き締めてしまえば、二度と離したくなくなるから。

「早く遠くに行って！」

叱るように言っても、天丸と地丸は言うことを聞かない。足を踏ん張るようにして、贄の洞窟《どうくつ》の入り口そばに立っている。

「わん！」

「わん！」

一緒にいたいと言っているように思えた。どうしようもなく切なくなった。ふたりの顔を見ているだけで、胸が苦しくなった。

このまま一緒に暮らせたら、どんなにいいだろう。一緒に野草を取りに行って、それを食べて、それから草むらで眠ってもいい。

そうだ。家なんかなくてもいい。この子たちと一緒にいられるだけで、きっと幸せだ。

「わん！」

「わん！」

天丸と地丸が頷くように吠えた。すいの気持ちが伝わっているみたいだ。ここで、すいが決心すれば、子犬たちとの暮らしが始まる。

だけど、その夢も叶わない。叶えてはならない夢だった。自分が贄にならなければ、

たぶん、恐ろしい何かは村を襲う。

そして、祖母は殺されてしまう。どうにかして助かったとしても、すいが贄にならなかったことを村人たちに責められるだろう。

これまでもそうだった。贄が逃げたかどうか分からなくても、災厄が去らない場合は、逃げたことにされた。

村人たちに逃げたと決めつけられ、贄の家族は迫害された。実際に見たことがあったし、話にも聞いた。村を追い出された者もいれば、殺されてしまった者もいる。祖母をそんな目に遭わせるわけにはいかない。

すいは唇を噛《か》んだ。強く噛みすぎて血が滲《にじ》んできた。でも、それくらいの痛みは何でもない。

痛いことには慣れていた。苦しいことにも慣れている。我慢するのも平気だ。無理に笑うことだってできる。

ただ、悲しみを抑えることはできなかった。

どうして生まれてきたんだろう？

何のために生まれてきたんだろう？

今さらのようにそう思った。誰かに教えて欲しかった。しかし、それを聞く相手はいない。

すいはその質問をする代わりに、子犬たちに話しかけた。

「私、もうすぐ死んじゃうんだよ。神さまに食べられちゃうんだよ」

神さまではなく、得体の知れない何かの餌になるのだと思ってはいたけど、言わなかった。

せめて神さまに捧《ささ》げられたと信じたかった。すいは子犬たちに話し続ける。誰にも言えない悲しい気持ちを口にする。

「死んじゃうのは怖いけど、生きてるよりいいよね。もう、お腹も空《す》かないし、婆や村の人たちのお荷物にならなくて済むんだよ」

村人たちの多くは善良だが、それでも性格の悪い者はいる。「お荷物」「村の厄介者」と呼ばれたことが何度もあった。何もしていないのに、会うたびに蹴《け》飛《と》ばされたりもした。

ひどい目に遭っても、腹は立たなかった。だって、本当のことだから。自分はお荷物で厄介者だから。蹴飛ばされても仕方がないのだから。

「ねえ、あの世ってどんなところかなあ……。おっとうとおっかあに会えるかなあ……」

泣くつもりなんてなかったのに、いつの間にか泣いていた。本気で両親に会いたいと思ったわけではない。顔もおぼえていないのだから、会ったところで戸惑ってしまうだけだろう。

だけど、そんな両親を恋しがらなければ——そんなふりでもしなければ、怖さと悲しさで身体がバラバラになってしまいそうだった。

つまらない一生だった。

バカバカしい人生だった。

生まれてこなければよかった。

あふれる涙を零《こぼ》していると、天丸と地丸が近づいてきて、いつかみたいに涙を舐めてくれた。

くすぐったかった。すごく、くすぐったかった。普通なら笑い出すところなのに、すいは声を立てて泣いた。

二匹の子犬を抱き締めて泣いた。

結局、二匹は帰らなかった。贄の洞窟で、すいとすごした。食べ物を分け与え、さんにんで眠った。ほんの少しだけ願いが叶《かな》った。一緒に暮らしたいという願いが、一瞬の間だけ叶った。

けれど、ずっと洞窟に置いておくつもりはなかった。恐ろしい何かがやって来る前に――夜が訪れる前に、天丸と地丸にここから離れてもらうつもりでいた。棒で叩《たた》いても石を投げつけても、二匹に嫌われても追い出さなければならない。死ぬのは、餌になるのは、自分一人で十分だ。

(昼寝から起きたら追い出そう)

そう決めたのに、出ていってもらうつもりでいたのに、できなかった。よほど疲れていたらしく、すいは深く眠ってしまった。天丸と地丸は温かく、一緒にいるだけで幸せだった。

「会いに来てくれて、ありがとう」

ありがとう。ありがとうと少女は繰り返した。夢の中でも言った。たぶん、寝言でも言った。

辛《つら》い人生だったけど、天丸と地丸に会えただけで、生まれてきてよかったと思うことができた。無理やり笑わなくても一緒にいてくれる。心がほっとした。すいは幸せだった。

確かに幸せだった。

「わんっ!」

「わんっ!」

子犬の吠える声で、すいは目を覚ました。いつの間にか夜の帳《とばり》が降りていて、洞窟の外は真っ暗だった。

そして、起きた瞬間に何が起ころうとしているのか分かった。恐ろしい何かがやって来たのだ。

しゅる、しゅると不気味な音が近づいてきていた。地を這《は》うものの音がする。

（どうしよう……）

少女は途方に暮れた。自分のことを思ったのではない。天丸と地丸を巻き添えにしてしまったと悔やんだのだ。

けれど、後悔している暇はない。天丸と地丸の鳴き声は大きくなり、地を這うものの気配がさらに近づいてきた。

「わんっ！」

「わんっ！」

天丸と地丸が威嚇するように鳴くが、恐ろしい何かは去らない。犬など歯牙《しが》にもかけていないのだろう。

洞窟のそばの木々が倒れる音が聞こえた。しゅるしゅるという音が、地響きのように響いた。もう、すぐそこまで来ている——。

子犬たちを守らなければならない。すいは、なけなしの勇気を振り絞った。

「ふたりは、ここにいて！」

叫ぶように言って、天丸と地丸を洞窟《どうくつ》に置いて外に出た。そして、息が止まりそうになった。外は暗かったけれど、山育ちのすいは夜目が利く。恐ろしい何かが、洞窟の入り口の前でとぐろを巻いていた。

——蛇だ。

地を這うものの正体は、牛馬の十倍はあろうという大蛇だった。土の色をしていて、黒い斑《まだら》があった。ちろちろと血のように赤い舌を出している。おぞましいほどに醜い姿をしていた。

やはり神さまなんていなかった。この大蛇が神のはずがない。これまで何人もの少女が贄《にえ》になっているが、結局、この大蛇の餌になっただけだったのだ。

「なんでよっ⁉　どうしてよっ⁉」

すいは叫んだ。大声を上げた。自分でも何を聞いているのか分からない。誰に問うているのか分からない。

神と大蛇の区別もつかない年老いた村の権力者たちを、怒鳴りつけたかったのかもしれない。幼い少女たちを犠牲にして、のうのうと生き続ける老人たちを怒鳴りつけたかったのかもしれない。しかも、それは何の意味もない犠牲だったのだ。

大蛇には、知性がなかった。感情のない目を見れば分かる。本来であれば、人に害を及ぼす化け物として退治される存在だ。

それを村の権力者たちは神と尊び、幼い少女を差し出していたのだ。何年も何十年も、何百年も。

バカな話だ。本当にバカバカしい。

けれど、大蛇は人間の味をおぼえてしまった。化け物を、いっそう化け物にしてしまった。

大蛇が牙《きば》を剥《む》いた。すいを食らうつもりでいるのだ。危ないことは分かっていた。分かっていたが、五歳の少女には、どうすることもできない。逃げ場もなければ、戦う力もなかった。

「なんでよ……。どうしてよ……」

誰に聞くでもなく、少女は問い続けた。そうすることしかできなかった。

すいが大蛇に食われかけている。黙って見ているのも限界だった。

「わんっ!!」

「わんっ!!」

天丸と地丸は、洞窟を飛び出した。ここにいて、と少女に言われていたが、その言葉を守っている場合ではない。見殺しにはできない。黙って隠れているわけにはいかない。

二匹は、山に捨てられた犬だった。親の顔を知らないし、自分たちを捨てた人間のこともおぼえていない。そんな中で、力のない子犬が生きていられたのは幸運だったからだろう。

山には食べ物がたくさんあった。二匹で力を合わせることができたのも大きい。だが寂しかった。

人への恨みはない。ただ、人のぬくもりを求めていた。生まれて間もないころ、人間に頭を撫《な》でられた記憶が残っていた。もう一度だけでいいから、人に頭を撫でられたいと思っていた。

しかし、人間は危険な生き物でもあった。貧しい山村では、犬は食料にされてしまう。野犬が、村人に食われるところを見たこともあった。どんなに人のぬくもりを求めようと、村に近づくことはできなかった。

そんなとき、少女に出会った。貧しい村の幼い娘だった。ひどく痩《や》せていて、食い物に困っていると分かった。

人間は小さくても恐ろしい。子犬など簡単に叩き殺してしまう。食われる心配はあったが、人恋しさのほうが勝った。

「わん？」

「わん？」

二匹は、少女に声をかけた。おそるおそる声をかけてみた。すると、頭を撫でてくれた。その上、弁当までくれた。自分だってお腹が空《す》いているだろうに、食べ物を残らずくれた。

少女――すいも、ぬくもりに飢えていたのだろう。子犬たちに優しくしてくれた。そのまま飼ってくれるのかと思ったが、ふいに何かを諦《あきら》めた口振りで二匹を突き放すように言った。

「犬は美味《おい》しいんだって。私と一緒にいると食べられちゃうよ」

脅したつもりらしいけれど、すいの目は寂しそうだった。子犬たちは、少女の気持ちが分かった。

だから、その場では引き下がったが、少女が薬草を採りにくるたびに会いに行った。

「わんっ！」

「わんっ！」

少女は目に涙を溜《た》めて、二匹を歓迎してくれた。何も言わなくても、気持ちは伝わってくる。

「こんにちは！　こんにちは！」

すいに抱き締められた。優しい温かさに抱き締められた。飼い主のようでもあり、親のようでもあり、きょうだいのようでもあった。

こんなふうにして寂しい者同士が身体を寄せ合うように、さんにんは仲よくなった。

天丸と地丸という名前まで付けてもらった。

そのすいが贄になった。神などいないのに差し出されたのだった。それだけなら、一緒に暮らせばいい。さんにんで山奥で暮らせばいい。天丸と地丸は、贄の祠《ほこら》に行った。

そして、幸せな時間を送った。大好きな少女と抱き合いながら眠った。

だが、大蛇が姿を見せた。人間の味をおぼえた邪悪な蛇だ。すいを食おうとしている。許せることではなかった。

「わんっ！」

「わんっ！」

天丸と地丸は、牙を剥き出しにして大蛇に飛びかかった。すいを助けるつもりだった。

しかし。

「駄目――っ!!」

少女は悲鳴を上げた。だけど遅かった。子犬たちの身体に衝撃が走った。蛇のしっぽに薙《な》ぎ払われるように、天丸と地丸は吹き飛ばされたのだった。

木にぶつかり、背中の骨が折れた。内臓も傷ついたみたいだ。口もとから血が流れた。苦しくて息を吸うこともできない。

わずか一撃で致命傷を受けてしまった。子犬には、何もできなかった。すいを助けたくても、力のない獣は何もできない。

「ふたりをいじめないでっ!! あっちに行けっ!!」

すいが大声を上げながら、大蛇に突進する。天丸と地丸を助けるつもりらしい。小さな拳《こぶし》を握り締めていた。

（駄目！）

（来ちゃ駄目だ！）

絶望と激痛に襲われながら、天丸と地丸は心の中で叫んだ。吠《ほ》えようとしても、声が出なかった。たとえ人間の言葉を発することができたとしても、間に合わなかっただろうが。

「おまえなんか――」

その後の言葉は、もう聞こえなかった。大蛇がすいを呑《の》み込んだのだった。呆気《あっけ》なく食われてしまった。

(助けることができなかった……)

(すいが死んでしまった……)

天丸と地丸の意識が遠ざかっていった。やっぱり致命傷だったのだ。死ぬのは怖くない。

ただ、自分たちに優しくしてくれた少女を助けることができなかったのが、何よりも悔しかった。悲しかった。申し訳なかった。

(ごめんなさい)

(ごめんなさい)

何度も何度も謝った。息が絶えるまで謝り続けるつもりだった。

一方、すいを食らった大蛇は、帰っていこうとしている。力のない哀れな子犬のことなど、見てもいなかった。

「くうん……」

「くうん……」

力を振り絞って鳴いた。大蛇に吠えたつもりだったが、その声はか細く、大蛇は振り返りもしなかった。

このまま死ぬのだと思ったときだった。

ひとひらの薄紅の花びらが舞ってきた。桜の花びらみたいだ。いくら山奥でも、夏に桜はおかしい。しかも、風がないのに飛んでいる。意識を失いかけた二匹の目に、なぜか、はっきりと映った。

桜の花びらは蝶《ちょう》のように舞い、大蛇の背中にくっついた。大蛇は気づいていない。ゆっくり帰っていこうとしている。

ふいに声が聞こえた。

どこからともなく、声が飛んできた。

——滅《めっ》。

涼やかな女の声だった。大きな声ではなかったのに、天丸と地丸の耳に響いた。その声は、心地いい鈴の音に似ていた。

次の瞬間、大蛇が消えた。

音もなく、桜の花びらに吸い込まれるように消えてしまった。すいの身体が、地べたに落ちた。

「わん……」

「わん……」

驚きのあまり声は出たが、やっぱり二匹の身体は動かない。すいに駆け寄りたかったけれど、立ち上がることもできなかった。天丸と地丸は死にかけていた。もはや命が尽きるのも時間の問題だろう。

そして、すいも動かなかった。地べたに横たわったまま、ぴくりともしない。呼吸の音さえ聞こえなかった。少女は死んでいた。

天丸と地丸は、鳴き声を上げることもできなかった。傷ついた身体で、ただ、すいのことを見ていた。

すると声が聞こえた。

「すまぬ。遅かったようだ」

さっきの女の声だ。いつ現れたのか、美しい女がそばにいた。おそらく、それほど若くはない。三十くらいだろうか。

切れ長の目に薄い唇。綺麗《きれい》としか表現のしようのない鼻筋。人形のような顔をしていた。白装束に身を包み、絹のように滑らかな髪を長く伸ばしていた。死にかけた子犬の目に、その女ははっきりと見えた。

「御堂神社の鎮守、御堂 柊《ひいらぎ》だ」

女が名乗った。天丸と地丸の知らない言葉だった。神社も知らなければ、鎮守という言葉を聞いたのも初めてだ。

けれど、普通の人間ではないということは分かった。恐ろしい大蛇を一瞬で消したのは、この女——柊の術だろう。

なぜ、柊がこんな山奥に来たのかは分からない。神に贄《にえ》を捧《ささ》げていると噂を聞いて、わざわざ訪れたのかもしれないし、ただの気まぐれかもしれない。

天丸と地丸にとって、そんなことはどうでもよかった。自分たちの命が尽きようとしていることさえ、どうでもいい。すいが死んでしまった。少女を守ることができなかった。

せめて、すいの亡骸《なきがら》を弔って欲しかった。雨ざらしはかわいそうだし、放っておいたら獣や虫の餌になってしまう。

本当なら、天丸と地丸がすいの亡骸を守りたかったが、もう身体が動かない。獣や虫に食われない場所まで運ぶことはできそうになかった。

犬の考えていることが分かるのか、柊が言葉を続けた。

「食われたのは、すいだけではない」

大蛇が消えた後には、何体もの骸骨《がいこつ》が残っていた。小さな骸骨だった。これまで贄となって食われた少女たちの骨だろう。何も悪いことをしていないのに、犠牲になったのだ。

「この世には、大蛇のような化け物がたくさんいる。罪もない人を食らう。たいていは、子どもが餌食《えじき》になる。すいのような娘が贄に差し出される」

悲しい話だった。今もどこかで、幼い少女が化け物に食われている。年寄りの権力者が、子どもを死なせている。

「天丸、地丸」

柊が名を呼んだ。この不思議な女は、名乗っていなくても分かるようだ。そう言えば、すいの名前も知っていた。

「わたしの手伝いをせぬか？　化け物を退治し、贄となる娘を救う仕事の手伝いだ」

鎮守の仕事ではなかろうが、誰かがやらなければ犠牲はなくならない。すいのような少女は救われない。化け物の餌になり続ける。

「聞き分けのない村の年寄りどもも懲らしめる。醜い権力者は化け物にも劣るものだからな」

その通りだと思った。だが、柊の言葉には無理がある。誘われたところで、天丸と地丸の命は尽きようとしていた。

もう手伝うことはできない。また、すいと一緒にあの世に行くことを望んでいた。この世では短い間しか一緒にいられなかったから、あの世では離れずにいようと思った。

けれど、柊は首を横に振った。

「命は尽きても魂は残る。それに、すいはまだあの世に行けない」

あの世に行けない？

死んだのに、あの世に行けないのか？

「考えてもみろ。すいは、五つで死んだのだ。簡単に成仏できるわけがなかろう」

柊は言った。思い残すことがあると成仏できない、と教えてくれた。

当たり前だ。こんなふうに命を落として、思い残すことがないはずはなかった。大蛇に食われて死ぬなんて無念に決まっている。

でも、成仏できないのはかわいそうだった。もう死んでしまったのに、永遠に現世に留《とど》まり続けなければならないのだろうか？

「永遠に、ということはない。何十年後か何百年後かには成仏できる。悪事を働いたわけもないのだから、極楽に行けるだろう」

何十年後か何百年後。

気の遠くなるような長い時間だが、死者にとっては、あっという間なのかもしれない。極楽に行けるのなら文句はなかった。

「そのときに、おぬしらも成仏するがいい」

柊は言ってくれた。すいと一緒に逝っていいと言ってくれたのだ。しかし、どうすれば、すいが成仏できる瞬間まで、この世にいることができるのか分からなかった。天丸と地丸の身体は、もう壊れてしまった。

「新しい器を用意する」

そう言って、懐から紙人形を取り出した。白と黒の紙人形だ。

「これでいいか？」

何を聞かれたのか分からなかったが、天丸と地丸はこの世に居続けることを望んでいた。

すいが成仏できるその日まで、柊の手伝いをする。人を食らう化け物や醜い権力者を懲らしめたかった。

「分かった。では、始めよう」

そして、呪文《じゅもん》を呟《つぶや》いた。

――式《しき》。

その瞬間、強い光に包まれた。気を失ったのかもしれない。意識がなくなった。だから、自分たちの身体に何が起こったのかは分からない。

次に気づいたときには、天丸と地丸の傷は癒《い》え、成犬の身体になっていた。少女を守ることのできる強い身体に成長していた。これならば、大蛇にも負けないだろう。

「頼むぞ」

柊に声をかけられた。返事は決まっている。

「わんっ！」

「わんっ！」

こうして二匹は、御堂神社に仕えることになった。すいが成仏するその日まで、式神犬として暮らすことになったのだった。

○

「成仏できないと悪霊になることがある。人は迷いやすいものだ」

令和《れいわ》の深川で、朔は言った。御堂家に逸話が伝えられているのか、見てきたように話をする。遠い先祖の柊と会ったことがあるようにも聞こえた。妖《あやかし》が幽霊が訪れる神社の鎮守なのだから、かの子の想像を超えた何かがあるのかもしれない。

「すいが悪霊にならぬように、柊は祠《ほこら》を作った。大蛇に食われた子どもたちの霊魂を慰めるためのものでもある」

朔は続けた。忌まわしい贄の祠を、慰霊のための祠に作り替えたのだった。迷わぬように、早く成仏できるようにと願いを込めて。

「それから数百年の歳月が流れ、ようやく成仏できる日が訪れたようだな」

だから、すいは現れた。天丸と地丸と一緒に、あの世で暮らそうと誘いに来たのだろう。長い歳月が流れているのに、少女はふたりのことを忘れていなかった。

「よかったじゃないの」

「めでとうございますぞ！」

そう言ったのは、しぐれとくろまるだ。いつの間にか、朔のそばに立っていた。目が真っ赤だった。

このふたりは、天丸と地丸と長い時間をともにすごしている。かの子どころか朔よりも、長い付き合いだ。仲もよかった。

天丸と地丸が成仏するのは嬉《うれ》しいが、別れが悲しいのだろう。その気持ちは、かの子にも分かった。

「若、天丸と地丸を解き放ってくだされ！」

「今の世の中に式神犬なんて不要ですわ。さっさと行ってしまえばいいのですわ。幸せになってしまえばいいのですわ」

くろまるとしぐれが泣きながら言った。かの子の目も潤み始めていた。天丸と地丸が幸せになることを、この場にいる全員が祈っていた。

悲しみに押し潰《つぶ》されそうになりながら、二匹があの世で楽しく暮らすことを祈っていた。

「そうだな」

呟くように言った。泣くことも笑うこともできない鎮守は無表情だが、声には悲しみがあった。

朔は自分が笑えないことを気にしているようだけれど、かの子にはちゃんと感情が伝わってくる。天丸と地丸に対する優しい気持ちが伝わってきた。

「一緒に成仏させてやる約束を守るとするか」

そして、白と黒の紙人形――天丸と地丸の依《よ》り代を取り出した。式神の任を解くつもりなのだろう。

朔の周囲の空気が変わった。温度が下がったような気がする。紙人形が宙に浮かび上がった。

「少しだけ待ってください」

かの子は止めた。朔が問い返してくる。

「どうかしたのか？」

「天丸と地丸に渡したいものがあるんです！」

かの子は叫ぶように言って走り出した。かのこ庵の作業場へ行くつもりだった。天丸と地丸には仲よくしてもらったし、世話にもなった。ひったくりに遭ったとき、助けてくれたのは、このふたりだ。

そのお礼をしたかった。あの世に行く前に感謝の気持ちを伝えたかった。そう思ったのは、かの子だけではなかったようだ。

「わたくしも手伝いますわ！」

「我も参りますぞ！」

しぐれとくろまるが、追いかけてきた。かの子が何をしようとしているのか、分かったらしい。

○

とうとう、この日がやって来た。すいの成仏する日だ。天丸と地丸は、この日が訪れるのを待っていた。御堂神社の鎮守の式神犬として働きながら、何百年もの歳月を過ごしたのだった。

しかも、すいは天丸と地丸のことを忘れていなかった。成仏する前に、ちゃんと迎えに来てくれた。最後に会ったときと姿が変わってしまったのに、天丸と地丸だと分かってくれた。

「わんっ！」

「わんっ！」

二匹は嬉しかった。この日を――ふたたび、すいと会える日をずっと待っていたのだ。飢えも苦しみも悲しみもないあの世で、少女と一緒に暮らす。それこそが、天丸と地丸の望みだった。

けれど。

「くぅん……」

「くぅん……」

けれど、寂しかった。朔やくろまる、しぐれ、それから、かの子と別れるのが悲しかった。

成仏してしまえば、たぶん、みんなと会うことはできなくなる。神社で暮らすことはできなくなる。

二匹は楽しかった日々を思う。くろまるやしぐれを背中に乗せて歩き回ったり、かの子と追いかけっこをしたり、朔と静かに座っていたり、ここ何年かは穏やかな時間が続いていた。

化け物退治は、もうしていない。悪霊や悪妖怪《ようかい》を十年以上も見ていなかった。時代が変わり、幼い少女が贄《にえ》に捧《ささ》げられることも、たぶんだけどなくなった。人間の世界は相変わらず物騒だが、それは天丸と地丸の考えることではない。

式神犬としての務めは、とうの昔に終わっている。この世に留《とど》まる理由はない。分かっている。分かっているけれど、寂しかった。御堂神社から離れたくない気持ちがあった。

「ふたりとも、ここにいてもいいんだよ」

すいが優しく言ってくれたが、それはできない。すいと一緒に暮らす日を夢見て、鎮守の式神犬になったのだ。

そもそも犬としての寿命も終わっている。大蛇に怪我を負わされなくても、とうの昔に死んでいたはずだ。この世に留まることは、生き物としての理《ことわり》にも反していた。

そのとき、朔が歩み寄ってきた。すいに目で挨拶《あいさつ》してから、天丸と地丸に言葉をかけてきた。

「くろまるとしぐれだって、いつまでも現世にはいない。いずれ一緒に暮らせる。ほんの少しだけ先に行くだけだ」

何百年と現世ですごしている二匹は、その言葉が嘘ではないことを知っていた。あれほど強かった柊でさえ、五十年も生きることができなかった。妖《あやかし》や幽霊も、この世に永遠に留まってはいない。

天丸と地丸は、さらに考える。あの世に行けば、柊にも会えるのだろうかと。朔によく似た面差しの、素っ気ないけれど優しい女性に。

「そうだ。みんないる。あの世でのんびり暮らすといい」

朔が言ってくれた。会ったことのない天丸と地丸の親とも、あの世で会えるかもしれないとも思った。

「鎮守さま、ありがとうございます」

すいが手を合わせた。御堂家の子孫たちは、あの祠も守っていた。大蛇に食われた少女たちが成仏できるように祈ってくれていた。何百年も経っているが、今でも朔は気にかけてくれている。

鎮守は、いろいろなものを守らなければならない。神社のある土地だけではなく、先祖から受け継いだ過去の思いや約束も守ってくれる。

その分、背負っているものも大きかった。笑えなくなるほど辛《つら》い目に遭っても、鎮守をやめることはできない。

「わん」

「わん」

天丸と地丸も、お礼を言った。きちんと頭を下げた。すいと柊、そして御堂家の子孫たちのおかげで、人間を嫌いにならずに済んだ。くろまるやしぐれ、かの子たちとも出会えた。現世で幸せな時間をすごすことができた。

長い間、式神犬として時代の流れを見てきたせいだろう。生きるということは、旅をしているようなものだと思うようになった。

この世は、通過点にすぎない。いずれ通りすぎていく場所だ。悲しくても楽しくても、あとで思い返せば、一瞬の出来事だ。呆気《あっけ》ないほど簡単に終わってしまう。

だけど、生まれてこなければよかったとは思わない。生まれてきたからこそ、みんなと会えたのだから。

ありがとうと言いたかった。この世のすべてにお礼を言いたかった。それから、もう一つ、さよならとも伝えたい。

「今日をもって、天丸と地丸の式神の任を解く」

朔が改めて言った。すぐに術をかけて成仏させてくれるのかと思ったが、そうではなかった。

「かの子が用事があるようだ」

その言葉が合図だったように、かの子が歩いてきた。自分たちの名を呼び、話しかけてきた。

「すいちゃん、天丸、地丸。あなたたちのためにお菓子を作ったの」

かの子は和菓子職人だ。びっくりするような美味《おい》しい和菓子を作る。彼女の作った和菓子で救われた幽霊や妖も多い。この界隈《かいわい》では評判になっていた。天丸と地丸も、かのこ庵の和菓子が大好きだった。

だが、すいは不思議そうな顔をした。

「お菓子……？」

考えてみれば、当然の反応だ。すいの生まれた村は貧しく、大昔の話だ。しかも、少女は五つで死んでいる。和菓子など食べたことはないだろう。

「甘くて美味しいものを作ったの」

「甘くて美味しい？　干しいもみたいなものですか？」

「似てるけど、ちょっと違うかな」

「そうなんですか」

「うん。ちょっとだけね」

少女は戸惑っていた。想像もできないのだろう。食べたことのないものを美味しいと思うかは分からない。

すいは何百年も前の人間だ。現代の人間とは味覚も違う。白砂糖の甘さにも馴染《なじ》みがないだろうし、まったく受け付けない可能性もあった。昔の人間が白砂糖を食べたら、苦いと感じるという説もあるくらいだ。

「くぅん」

「くぅん」

天丸と地丸は心配した。すいのことも心配だったし、かの子が拒まれて落ち込まないかも心配だった。

「大丈夫だ。きっと気に入る」

朔が断言した。いつだって、かの子の作る和菓子を信じている。そして、かの子を信じているものは他にもいた。くろまるとしぐれである。

「持って参りましたぞ！」

「焼き立てですわよ！」

しぐれがお盆を持って、かの子が作ったらしき和菓子を運んできていた。その足もとで、くろまるが意味もなく威張っている。

かの子がやって来たとき追い出そうとしたのが嘘のように、今では懐いている。すっかり仲よしになっていた。

甘い香りが境内に漂っている。天丸と地丸ほど嗅覚《きゅうかく》の鋭くないすいも、鼻を動かしている。

「何を作ってくれたの？」

「きんつばです」

かの子が、すいの質問に答えた。天丸と地丸にも、馴染みのある和菓子だった。金鍔《きんつば》焼《やき》とも呼ばれるものだ。

「きんつばの歴史は古く、文化・文政（一八〇四～一八三〇）のころに江戸で流行したそうです。そのころは、水でこねた小麦粉を薄くのばして小豆《あずき》あんを包み、刀の鍔のように丸く平たい形で焼いていました」

金鍔焼の名前の由来でもある。だが、いつのころからか、丸く平たい形のきんつばは減った。

「今は、四角く切ったあんこに小麦粉を付けて焼くものが多いでしょうか」

かの子は説明した。どんな食べ物なのか伝えるのも、和菓子職人の仕事だ。たいていの者なら、この説明で理解できる。

だが、すいは首を傾げた。

「あんこ？」

甘いあんこを知らないのだ。名前くらいは聞いたことがあるだろうが、ぴんと来ていない様子だ。

すいは、数えで五歳——現在の年齢で言うと、四歳くらいで死んでいる。何も知らなくても不思議はなかった。式神犬として深川で暮らしていた天丸と地丸のほうが、人間の暮らしに詳しい。

もともと、あんは塩味だった。甘い小豆あんが庶民にまで普及したのは、すいが死んだ後のことだった。庶民以下の暮らしをしていたすいが、砂糖の味を知っているはずがない。

(失敗だ)

天丸と地丸は、しっぽをしょぼんとさせた。砂糖の味を知らないすいに、現代の和菓子の甘さはキツすぎる。きっと食べることはできない。

それくらいのことは分かっているだろうに、朔はきんつばを下げなかった。それどころか、すいにすすめた。

「成仏する前に食べてみるといい」

相変わらずの無表情だが、その言葉は優しかった。村人たちに贄《にえ》にされて、ひどい目に遭った少女も素直に頷《うなず》いた。

「いただきます」

きちんと手を合わせてから、かの子の作ったきんつばに手を伸ばした。わくわくした顔をしているが、天丸と地丸はやっぱり不安だった。

「くぅん……」

「くぅん……」

気持ちが声に出た。前足で目を隠したかった。そんな式神犬の心配をよそに、すいは、きんつばを口に入れた。そして、目を大きく見開いた。

「美味しいっ‼　すごく美味しいですっ‼」

子どもらしい声で言った。砂糖がキツすぎるということはなかったらしい。満面に笑みを浮かべている。あっという間に、一つ目のきんつばを食べてしまった。

「もう一つ、どうぞ」

「え？　いいんですか？」

「うん。すいちゃんのために作ったんだから好きなだけ食べて」

「ありがとうございます！」

新しいきんつばを頬張りながら言った。よほど気に入ったのか、二つ目を食べ終え、三つ目のきんつばに手を伸ばしている。天丸と地丸が胸を撫《な》で下ろしていると、かの子がきんつばを差し出してきた。

よかった。本当によかった。

「よかったら食べて。ふたりのためにも作ったんだから」

その気持ちが嬉《うれ》しかった。天丸と地丸はしっぽを振って返事をした。

「わんっ！」

「わんっ！」

そして、きんつばを食べた。ちゃんとにおいを嗅《か》いでいれば、この和菓子の正体に気づいただろう。式神犬になってから身の危険を感じることがなくなり、においを嗅ぐこともせずに食べる習慣がついていた。

美味しかった。

けれど想像していた味ではなかった。食べた瞬間に、普通のきんつばではないと分かった。

小豆の香りがしなかった。砂糖の甘さも控え目だ。砂糖よりずっと優しい甘さが口いっぱいに広がっている。ふたりは、この味をよく知っている。

「わん？」

「わん？」

問うように、かの子を見た。

すると、くろまるとしぐれがしゃしゃり出てきた。

「芋きんでございますぞ！」

「さつまいものきんつばですわよ！」

さつまいもは、救荒食《きゅうこう》として江戸に広まった。青木昆陽《あおきこんよう》が徳川八代将軍吉宗時代の幕府に上書したのが始まりと言われている。

「栗（九里）より（四里）うまい十三里でございますぞ！」

「十三里というのは、江戸から川越《かわごえ》までの距離のことですわ！　さつまいもの産地ですのよ！」

くろまるとしぐれが、ドヤ顔で知識を披露する。天丸と地丸も、さつまいもがそうやって売られていたことを知っている。

江戸だけでなく関東地方でも栽培されるようになり、天候不順や天災などで米の収穫が減ったときには、多くの人々の命を救っている。

すいの生まれた村でも、さつまいもは栽培されていた。米をまともに食えないほど貧しかった少女にとっても馴染みのある食べ物と言える。

かの子に「甘くて美味《おい》しいものを作った」と言われて、真っ先に、干しいもを思い浮かべたくらいだ。

「すごく甘い」

さつまいものきんつばを食べて、すいが喜んでいる。砂糖は控え目だが、さつまいも自体が甘いのだ。

すいの生きていた時代より品種改良が進み、格段に甘くなっている。当時のさつまいもしか知らない少女にしてみれば、驚くほどの甘さだろう。しかし、さつまいもであることに変わりはない。味に馴染みはある。

小豆あんのきんつばとは見た目が違う。形は一緒でも、色が違った。だが、天丸と地丸は気づかなかった。食べるまで分からなかった。犬は、人間ほど色を識別することができないからだ。

「浅草《あさくさ》に『浅草満願堂《まんがんどう》』という有名なお店があるんです」

かの子は解説を加える。

「明治《めいじ》十九年（一八八六）創業で、芋きんは下町浅草名物ですぞ！」

「メチャクチャ美味しいですわよ！」

くろまるとしぐれが合いの手を入れた。このふたりは、人間の世界のスイーツに詳しい。

「その芋きんを参考にしました」

勉強熱心なかの子は、いろいろな銘菓を真似て見せる。すいが芋きんを食べ終え、しみじみと言った。

「おっとうやおっかあ、婆にも食べさせてあげたいなあ」

貧しい暮らしのまま死んだのは、少女だけではないのだ。すいを贄に差し出した村人たちだって、決して豊かな暮らしを送っていなかった。

「たくさん作ったから、持っていってね」

かの子は優しい。最初からそのつもりで作ったのだろう。透かさず、ちびっこ眷属《けんぞく》が口を挟んだ。

「お土産でございますぞ！」

「これこそ冥途《めいど》の土産ですわ！」

ドヤ顔であった。このふたりも優しい。天丸と地丸は幸せだった。たくさんのいい人間や妖《あやかし》、幽霊と出会うことができた。

「天丸と地丸も、土産を持っていくといい。柊は食い意地が張ってそうだし、おまえらの親の分も必要だろう」

朔が口を挟んだ。あの世に行けば、柊に会える。そして、顔もおぼえていない父と母にも会える。式神犬になってからも、親を恋しいと思う気持ちは残っていた。両親に会ってみたかった。

「本当の姿に戻すぞ」

鎮守が自分の手のひらに文字を書き、天丸と地丸に翳《かざ》し、それから呟《つぶや》くように呪文《じゅもん》を唱えた。

——離《り》。

そんなはずもないのに、柊が呟いたように聞こえた。そして、天丸と地丸の身体が縮んだ。

あっという間の出来事だった。気づいたときには、すいと会ったばかりのころの子犬に戻っていた。

「式神の任を解いた。あの世で親に甘えるがいい」

「すいちゃんとも仲よくね」

朔とかの子が言った。

「元気で暮らすのでございますぞ!!」

「くろまるはバカねえ。あの世に行くんだから、元気に決まっていてよ。あの世には、苦しみも痛みもないのですわよ」

くろまるとしぐれも言葉を送ってくれた。ふたりは泣いている。別れを惜しんでくれているのだ。

最後まで優しかった。天丸と地丸は、みんなのことが大好きだった。どうしようもなく好きだった。

「そろそろ行かないと」

すいの身体が光り始めた。成仏するときが来たのだ。天丸と地丸の身体も、光を発していた。それは、優しくて穏やかな光だった。この世からさんにんを消し去る光でもあった。

少しずつ透明になっていく。

この世から消えていく。

思い残すことは何もない。悔いのない一生を送ることができた。寂しいけれど、生きることは楽しかった。

「わん……」

「わん……」

子犬に戻ったふたりは、小さな声で鳴いた。すでに身体は消えている。天に昇り始めていた。天丸と地丸は、誰にも聞こえないような小さな声で、みんなに別れを告げた。

さよなら、と。

ありがとう、と。

○

さよならの後には、切ないほどの寂しさが残った。天丸と地丸のいなくなった神社は、がらんとしていた。

ふたりが、すいと一緒に天に昇っていった翌夜のことだ。この日、客はいなかった。朔とくろまる、しぐれは縁台に座っている。昨日まで足もとにいた天丸と地丸は、もう、この世にいない。

「成仏したのだから喜んでやれ」

朔は言っていたし、くろまるとしぐれも頷《うなず》いていた。

「めでとうございますぞ！」

「本当によかったですわ！」

けれど、どの声も元気がなかった。そして、すぐに黙ってしまう。今も縁台に座って、ぼんやり月を見ている。

朔もくろまるもしぐれも、何もしゃべらないし、動こうともしない。かの子以上に、天丸や地丸と一緒にいた時間が長いのだから、寂しいに決まっている。いなくなって落ち込むに決まっている。

かの子だって寂しかったが、かのこ庵にいるときは店長だ。がんばらなければいけない。和菓子職人としてできることをしなければならない。

それは、美味しいものを作ることだ。みんなを笑顔にしたくて、かの子は和菓子職人になった。

両親が死んで落ち込んでいるときに、祖父は饅頭《まんじゅう》茶漬けを作ってくれた。奇抜な料理にかの子が笑うと、大威張りで言ったのだった。

そのときの言葉がよみがえった。

職人は、口よりも手を動かすもんだ。

腕がよけりゃあ、みんな笑顔になる。

孫だって笑ってくれる。

饅頭茶漬けは、森鷗外《もりおうがい》の好物としても知られている。その後、かのこ庵に来たばかりのころ、朔が同じ料理を作ってくれた。かの子を励まそうとしてくれた。

「励まされてばかりじゃ駄目だよね」

自分に言い聞かせるように言って、落ち込んでいる大切な仲間のために美味《お》しいものを作ろうと決めた。

祖父や朔のように上手にできるかは分からないけれど。

笑ってもらえるかは分からないけれど。

◯

別れは辛《つら》かった。

この手で式神の任を解いたのに、いつか成仏すると分かっていたのに、どうしようもなく辛かった。

朔は縁台に座って、天丸と地丸のことを考えていた。生まれたときから一緒にいた〝家族〟のことを思っていた。

幼いころに、朔は両親と離ればなれになっている。離れたくなかったが、別々に暮らさなければならなくなった。

悲しすぎて泣くことも笑うこともできなくなった。今も笑うことができない。心に大きな傷を負っていた。

そんな朔のそばにいて、その寂しさを救ってくれたのが、くろまるであり、しぐれであり、天丸と地丸だった。笑うことさえできない自分と一緒にいるのは、楽なことではなかっただろう。

だからこそ式神の任を解いた。〝家族〟だと思っていたからこそ、現世に留《とど》めておけなかった。

（あの世で幸せに暮らしたほうがいい）

そう思ったのだ。このことは、くろまるやしぐれにも言える。いつまでも現世に縛り付けておくべきではない。式神や眷属《けんぞく》を必要とする時代でもなかった。

朔は、くろまるとしぐれの顔を見た。天丸と地丸と別れて、すっかり気落ちしてしまっている。ただでさえ小さな身体が、いっそう縮んで見えた。

「成仏したのだから喜んでやれ」

そう言うと、はっと我に返ったように反応する。

「めでとうございますぞ！」

「本当によかったですわ！」

空元気だ。寂しさを押し殺して、無理やり笑顔を作っている。くろまるとしぐれの目は潤んでいた。

朔が生まれる前から、このよにんは御堂家に仕えている。寂しさも一入《ひとしお》だろう。

――無理に笑わなくてもいい。

――辛いときは辛いと言っていいんだ。

そんなふうに言ってやりたかった。だけど、言えない。笑うことのできない自分には、この台詞《せりふ》を言う権利がない。

結局、一緒に座っていることしかできなかった。鎮守なのに何もできないし、何も言えない。

かの子が立ち上がり、かのこ庵に入っていった。沈んだ空気に耐えられなかったのかもしれない。逃げることも大切だ。くろまるやしぐれもそうだが、かの子も無理をしすぎている。

何分か、何十分か静かな時間が流れた。このまま夜明けまで過ごすことになるのかと思いかけたとき、かのこ庵の扉が開き、明るい声が聞こえた。

「お待たせいたしました」

かの子だ。お盆を持って出てきた。甘いにおいが漂ってくる。お盆の上を見れば、新聞紙に何かが包まれている。

「これは?」

問いかけると、意外な言葉が返ってきた。

「一緒に食べようと思って、焼き芋を作りました」

「焼き芋?」

「はい。落ち葉や枯れ枝を集めて作ろうかとも思ったんですけど、火をおこすのは危ないから、オーブンで焼いたんです」

逃げたのではなかった。自分たちのために料理をしていたのだった。

「美味しそうでございますな」

「一つもらおうかしら」

くろまるとしぐれが口を挟んだ。一生懸命、元気になろうとしている。必死で明るく振る舞おうとしている。かの子もそうだ。悲しいに決まっているのに、涙を見せないようにしている。

「春に焼き芋とは、乙でございますな！」

「かの子にしては上出来よ！」

食べる前から絶賛している。かの子の優しい気持ちが伝わったのだ。

――わんっ！

――わんっ！

天丸と地丸の鳴き声が聞こえた。だが空耳だったのか、かの子やくろまる、しぐれは何も言わない。

かの子が、焼き立ての焼き芋を差し出してきた。

「朔さんも食べてください」

「ありがとう」

お礼を言って受け取った。かの子の作った焼き芋は温かかった。横を見ると、くろまるとしぐれが涙を流しながら食べている。かの子は涙ぐみながら、それでも笑おうとしていた。

朔は、そっとため息をついた。

大福

大福餅《だいふくもち》は「大福」の名で、今もかわらぬ人気者。どこのコンビニエンスストアでも買える手頃なおやつだ。生地に赤えんどうを入れた豆大福、蓬《よもぎ》生地にした蓬大福（草大福）など、変化をつけたものも売られており、縁日で焼大福を売る屋台を見かけることもある。

「事典 和菓子の世界 増補改訂版」
岩波書店

「首吊《くびつ》りの木をご存じですか?」

事件は、そんな言葉で始まった。話を持ち込んだのは、常連客の木守《きまもり》だ。

もうすぐ閉店という時刻に、茶トラ——レッドタビーと呼ばれる柄の猫がやって来た。すらりとした体型の成猫で、その名前の通り赤みがかった被毛をしている。柿の色に少し似ている感じだ。

もちろん、ただの猫ではなかった。柿の木の妖だ。付喪神《つくもがみ》というのか分からないが、とにかく妖怪《ようかい》だ。

長い歳月にさらされると、植物に精霊が宿ることがあるという。木魅《こだま》や人面樹《じんめんじゅ》、槐《えんじゅ》の邪神など、有名な妖も存在する。また、花の精霊が美しい女人に化けるのは、昔話の定番だ。

柿の木に精霊が宿り、妖となった。その妖が、茶トラ猫の姿を借りて現れたのだった。

妖は、猫に化ける。

猫の姿を借りる。

もちろん普通の猫もいるが、多くの猫は妖が化けているものだ。かの子の知るかぎり、たいていの猫は妖だ。八割、九割はそうだと思う。

飼い猫も野良猫も、本性を隠して生きている。人間の社会で暮らしていくには、猫の姿をしていたほうが都合がいいのかもしれない。

猫はどこにいても不自然ではないし、飼われていないかぎり、どんなに長生きしても気づかれることがない。くろまるも黒猫の姿をしているが、本性は烏天狗《てんぐ》であるという。

ちなみに、この木守は人間の姿になることもできる。かの子の知っている人間バージョンの木守は、十八歳くらいの青年だった。

白い襦袢《じゅばん》に赤茶色の着物を身にまとい、黒い帯を締め、着物と同系の茶色がかった髪を長く伸ばし、うしろで軽く縛っていた。ほっそりとした体型をしていて、女性のようにやさしげな容貌《ようぼう》をしていた。朔とは違う種類の二枚目だった。そう。かなりの二枚目である。

今日は、猫の姿のままだ。どんなときに人間の姿になるのかは、かの子には分からない。かのこ庵に顔を出すときも、人間だったり猫だったりする。木守なりのルールがあるのかもしれないけれど、質問したことはなかった。

「首吊りの木ですか？」

かの子は、眉《まゆ》を顰《ひそ》めるようにして聞き返した。言葉の響きからして物騒である。このとき店の外——店前に置いてある野点傘《のだて》の下にいた。木守が店の中に入ろうとしないからだ。木守にかぎらず、妖《あやかし》や幽霊は月光が好きらしく、外で和菓子を食べることを好む。

木守の前には、大福が置かれていた。かの子の作ったもので、本日のおすすめであった。その大福に手をつけずに、首吊りの木の話を始めたのだった。

「大昔からある自殺の名所でございますな」

くろまるが、口を挟んだ。知っているようだ。自殺の名所とは、ますます物騒である。

しかも知らなかったのは、かの子だけだった。

「御堂神社から歩いて二十分くらいの場所にありますわよ」

「隅田川のそばだな」

しぐれと朔が、付け加えるように言った。かの子は驚き、誰に言うともなく呟《つぶや》いた。

「そんな近くに自殺の名所があるなんて知らなかった」

深川は、子どものころから馴染《なじ》みのある場所なのに、初めて聞いた話だった。すると、木守が謎解きをするように応《こた》えた。

「自殺の名所と呼ばれたのは、少し前ですからね」

「少し前……？」

「ええ、最後に自殺者が出たのは、人間の暦でいう昭和でした。もう三十年以上も昔のことですね」

平成から令和にかけては、自殺者は出ていないようだ。自殺の名所と呼ばれたのは、かの子の生まれる前の話らしい。

「まだ若も生まれておりませぬな！」

くろまるが言った。そう考えると、かなり昔のことのように思える。しぐれが木守に向き直り、話を進める。

「その首吊りの木がどうかしたのかしら？」

「寿命が来たのです」

「寿命？」

「ええ。木としての寿命をまっとうしました。人間の言葉で言うなら、もうすぐ枯れてしまいます」

返事をする木守の声は、真夜中の霧雨のように静かだった。寂しくて、耳を澄まさなければ聞こえない。

○

その木は、深川の外れ、隅田川の水音が聞こえる場所に生えているという。花を咲かせるわけでもなく、実を結ぶわけでもない。紅葉もしないので、何の木なのか気にする者もいなかった。

そのくせ有名な木だった。一時期は、誰もがこの木を知っていた。

「首吊りの木」

いつから物騒な名前が付いたのかは分からない。すでに明治時代には、そう呼ばれていた。

その名の通り、何十人――あるいは百人を超える人間が、首吊りの木で首を括《くく》っている。

いや、首吊りだけではない。昭和の終わりには、時代錯誤にも、その木の下で切腹をした者もいた。

「百人って……」

かの子は絶句した。想像するだに、恐ろしい話だった。しばらく言葉に詰まってから木守に聞く。

「呪われた木なんですか？」

悪霊や悪妖怪、もしかしたら死神が宿っているのかと思ったのだ。百人も自殺しているなんて異常だ。

木守は猫の姿のまま、首を横に振った。

「普通の木ですよ。妖力や霊力はなく、人と話すことさえできません。私のように精霊が宿ったわけでもありませんし」

「普通の木？　だ……だけど、その木の近くで自殺するんですよね？」

「木のせいではありません。遠い昔、その木で首を吊った人間がいたのは事実ですが、たまたま自殺の場所に選んだだけです。でも、なぜか悪い噂を立てられてしまったんです。噂は人を引き寄せますから」

「たまたま……」

かの子が呟くと、朔が静かに頷《うなず》いた。

「何人かが同じ場所で自殺すると、その場所は伝説や怪談になる。首吊りの木のように、たまたま一人が自殺しただけでも噂になることがある。その伝説や怪談、噂が、さらに死のうとする人間を引き寄せる。自殺の名所と呼ばれている場所の多くが、そうやって作られたものだ」

悪霊や悪妖怪、死神のせいではなかった。

「その証拠に、時代が進むにつれ、伝説や怪談を信じる者は減り、それに比例して、死のうとする人間を引き寄せることも減った。今では、かの子のように存在さえ知らない者が多い」

そして、首吊りの木そのものも枯れようとしている。木守が、ふたたび言葉を発する。

「枯れてしまうのは仕方のないことです。木としての寿命をまっとうしたのですから、むしろ喜ぶべきかもしれませんね」

この世に生きるものすべてに、死は訪れる。何百年も生きている木だろうと例外ではなかった。終わりを避けることはできない。

だが、喜ぶべきと言いながら、木守の声は浮かない。ひどく沈んでいるように見える。悩んでいるようだ。

その様子に気づいたらしく、しぐれが問いかけた。

「何か問題がございますの？」

「問題と申しますか……」

木守が冴《さ》えない声で返事をした。

「首吊《くびつ》りの木を心の支えにしている老婦人がいらっしゃるんです」

「心の支え？」

思わず聞き返してしまった。自殺者を引き寄せる物騒な木が心の支え？　聞き間違えたのかと思ったのだ。

けれど、木守は首を縦に振った。それから暗い声で呟いた。

「ええ。死ぬことを救いに生きているんです」

〇

首吊りの木を心の支えにしている老婦人——石垣道子《いしがきみちこ》は、今年八十六歳になる。

夫は二十年前に他界し、一昨年《おととし》、息子夫婦を交通事故で亡くした。猫を飼っていたこともあるが、その寿命は人間よりも短く、やはり死んでしまった。

大切なものは、何もかも失われた。全部、消えてしまった。神さまだか運命だか分からないものが、すべて持っていってしまった。家族はもういない。親しく付き合っている親戚《しんせき》もおらず、近所付き合いもなかった。同世代の友人が何人かいたけれど、みんな鬼籍に入った。気づいたときには、独りぼっちになっていた。

夫が建ててくれた古びた家と年金、それから、いくばくかの貯金があるおかげで、どうにか暮らすことはできるが、ただ生きているだけだ。

生きていても、いいことなんて一つもない。そのうち自分ではどうしようもない病気が見つかるだろうし、ニュースを見たって悪いことばかりが起こっている。景気は回復せず、日本は貧しくなり続けている。

「人生百年の時代」

この言葉を聞くたびに、うんざりする。まだ、あと十四年も生きるのかと思う。寿命が長くなったせいで、独りぼっちの時間が増えた。死を恐れながらすごす時間が増えただけで、幸せになったわけではない。

早く死んでしまいたかった。夫や両親、息子夫婦、友人たちとあの世で暮らしたほうが幸せに決まっている。

――おまえの寿命はまだ残っている。まっとうしなきゃ、おれやお義父さん、お義母さんのいるところに行けない。

二十年前に、夫に言われた言葉だ。余命宣告を受けて入院していたときにそう言われた。

本人に告知したわけでもないのに、夫は自分の死期を知っていた。それから、道子が死のうと思っていることも知っていた。

夫に頼りきりで生きてきた。同世代の人たちは笑うだろうが、夫のことが大好きだった。夫のいない世界で生きていく自信がなかった。だから夫が死んでしまったら、自殺しようと思っていた。

だが、釘《くぎ》を刺された。やめろと言われた。あの世がどうなっているのかは分からないけれど、夫や両親のところに行けなくなるのは辛《つら》い。道子は、夫の言うことを信じた。自殺することはできない。

息子夫婦が交通事故で死んでしまったときも、夫の言葉が頭にあった。深い絶望の中で、まだ死んではいけないと思った。

あの世でみんなと暮らすために、どうにか生きてきた。でも、寂しさに押し潰《つぶ》されそうになる。どうしようもなく死にたくなる。

そんなとき道子は家を出る。朝だろうと夜だろうと構わず出かける。隅田川に向かってゆっくりと二十分くらい歩いたところに、唯一の話し相手がいた。それは、人ではなく一本の木だった。

その木は、道子が生まれる前から生えていて、「首吊りの木」と呼ばれていた。ここで、たくさんの人々が首を吊った。

子どものころは存在そのものが恐ろしかったけれど、いつの間にか心の支えになっていた。心密《ひそ》かに決めていることがあった。

（どうしようもなく辛くなったら、この木で首を吊ろう）

夫や両親、息子夫婦と会えなくなるだろうが、どうしようもなく辛くなったら仕方がない。自分に死ぬことを許していた。それが救いだった。そうすることによって、どうにか生きていたのだった。

「私の話を聞いてくれるのは、あなただけよ」

周囲に人がいないことを確認してから、首吊りの木に話しかける。この木がいなければ、道子は何もしゃべらずに一日を終えるだろう。言葉を忘れてしまったかもしれない。もちろん木は返事をしないけれど、それでも道子の話を聞いてくれているような気がした。

「私の話を聞いてくれて、ありがとう」

そう呟《つぶや》いて涙がこぼれることもあったが、木は何も言わない。ずっと、そばにいてくれる。いつだって年寄りの話を聞いてくれる。生きることの不安や独りぼっちの寂しさを受け止めてくれる。

けれど、首吊りの木の寿命は迫っていた。もうすぐ枯れてしまう。この世からいなくなってしまう。

そのことを道子は知らない。

また独りぼっちになってしまうことを知らない。

○

「道子さんのために和菓子を作っていただけませんか？」

かのこ庵の野点傘《のだて》の下で、木守が用件を切り出した。老婦人の力になりたくて、この店にやって来たのだ。

さっきも言ったように首吊りの木に妖力《ようりょく》はなく、人と話すことはできないが、木守にはその気持ちが分かるようだ。

「〝彼〟は、百年以上もの間、人間とともに生きてきました。たくさんの死を見てきました」

首吊りの木と呼ばれ、生きることに絶望した人間を引き寄せた。いくつもの悲しい運命を見ながら育ち、間もなく、木としての寿命を迎えようとしている。

「人間のことを恨んでないの？」

かの子は聞いた。何もしていないのに、呪われた木のように扱われて怒っているのではないかと思ったのだ。

「恨む？　まさか」

木守は首を横に振った。植物同士だからだろうか。首吊りの木と話すことができるみたいだ。

自分のことのように、木守は語る。

「首吊りの木と忌まれはしましたが、人間たちは優しかったです。祟《たた》り神を祀《まつ》るように大切にしてくれました。時代が流れ、忘れ去られようとしていますが、それでも話しかけてくれる人間はいます」

道子のことだろう。いろいろな話を聞かせてくれたという。

「だから助けたいと思ったんです」

木守はそう言って、かの子の顔をまっすぐに見た。

「道子さまに生きる希望を与えていただけませんか？」

「生きる希望……」

「ええ。道子さまが元気になる和菓子を作って欲しいのです」

「そ……それは――」

言葉に詰まるかの子に代わって、朔が返事をした。

「難しいと思うぞ」

くろまるとしぐれも頷《うなず》く。

「無茶振りでございますぞ！」

「これぱっかりは、くろまるの言う通りですわ」

かの子だってそう思う。和菓子で人を救うなんてできるわけがない。

けれど、断ることはできなかった。このままだと、道子は生きる気力を失ってしまう。

祖父みたいな立派な職人になって、みんなが笑顔になる和菓子を作ること。これが、かの子の夢だった。独りぼっちで苦しんでいる老婦人を見捨てることは、その夢からかけ離れている。

だから、かの子は答えた。

「がんばってみます」

○

この世から消えてしまう。

首吊《くびつ》りの木が枯れてしまう。

道子はそのことを知った。誰かがそう教えてくれたわけではない。あえて言うなら、首吊りの木自身が教えてくれた。

ある日の夕方のことだった。いつものように寂しくなって、首吊りの木のそばにやってくると、ふいに頭の奥で声が聞こえた。

今までありがとう。話しかけてくれて、ありがとう。あなたのおかげで寂しくなかった。

男のものとも女のものとも言えない穏やかな声だった。木がしゃべっているんだ、と道子には分かった。

何の根拠もないし、他人に話せば認知症を疑われるだろうけれど、間違いなく首吊りの木が話しかけてきた。

あり得ないことだが、怖くはなかった。返事をしようと目を向けたとき、初めて木が枯れかけていることに気づいた。自宅の庭で植物を育てていることもあって、寿命を迎えようとしているのだと分かったのだった。

むしろ、今まで気づかなかったことが不思議なくらいだ。首吊りの木は、明らかに老いていた。幹や枝の色が変わり、樹皮がぼろぼろと剝《は》がれ始めている。

首吊りの木がいなくなってしまうのは嫌だった。

「独りぼっちにしないで」

すがる思いで頼んだけれど、返事はない。もう声は聞こえなかった。枯れかけた木が、目の前にあるだけだった。

「どこにも行かないで。お願いだから」

頼んでも頼んでも返事はなかった。また、大切なものを取り上げられようとしているのだと分かった。運命だか神さまだか分からない何かが、道子の唯一の支えまで奪おうとしている。

ひどい話だけど、人である道子には抗《あらが》う術がない。

「本当の独りぼっちになっちゃう」

ただ呟くしかなかった。そして身体から力が抜けて、立っていられなくなった。膝《ひざ》が砕け、道子はその場にしゃがみ込んでしまった。

もう二度と立ち上がることはできないような気がした。


どれくらい、そうしていただろう。太陽が沈み、周囲が薄闇に包まれた。道行く人はなく、暗闇の底に落ちたように静かだった。

独りぼっちで暮らしているので、道子が家に帰らなくても心配する者はいない。所在不明者の年寄りだと思われて通報でもされないかぎり、いつまでだって首吊りの木のそばにしゃがみ込んでいられる。

（このまま、ここで死んでしまおう）

道子は思った。いつでも死ねるように、ビニール紐《ひも》をバッグに入れてあった。どうしても生きていられなくなったら、この首吊りの木で首を吊るつもりだった。そのときが訪れたような気がした。


おまえの寿命はまだ残っている。まっとうしなきゃ、おれやお義父さん、お義母さんのいるところに行けない。

死んだ夫の言葉が、ふたたび、よみがえってきた。夫は嘘をつくような人ではなかった。

きっと本当に、自殺をすると夫たちの待つあの世には行けないのだろう。息子夫婦にも会うことができなくなる。

けれど、もう限界だった。

もう我慢できなかった。

独りぼっちの世界で、何の希望も持てないこの世界で、ただ息をして暮らしているだけの生活に耐えられなかった。心のよりどころだった首吊りの木まで、あの世に行ってしまう。

「どうして、私ばかり残ってなきゃいけないの？」

問いかける言葉は、誰にも届かない。道子に返事をしてくれるものは、この世には残っていない。

「どうして、私だけ生きてなきゃ駄目なの？」

話す相手さえいないのに。みんな死んでしまったのに。生きていることに価値なんてないのに。

首を吊ろうと決めたけれど、ビニール紐を取り出す気力さえなかった。そのくせ、急に寒さを感じた。

当たり前だ。

春とはいえ、日が落ちるとまだ肌寒い。早く帰らなければ風邪を引いてしまう。年寄りの一人暮らしで風邪を引いたら、命取りになりかねない。

「……バカみたい」

死のうと思いながら、風邪の心配をしている。死ぬことより独りぼっちで寝込むことのほうが怖いのは事実だけど。

道子は立ち上がることができずにいた。首吊りの木の根元で、じっとしていた。

そのときのことだ。足音が聞こえた。視線を向けると、前方から、鳶色《とびいろ》の和日傘が近づいてきていた。

薄闇に包まれているのに、なぜか、はっきりと見えた。離れていても、和日傘だと分かった。

絞り染めというのだろうか。淡くて上品な色合いの傘だった。道子の目には、ほのかに光っているように映った。道に迷った旅人を迎え入れる宿の明かりを思わせる暖かい色をしていた。

だからだろうか。こんな時間に日傘を差しているのを見ても、不思議だとは思わなかった。普通に考えればおかしいのに、警戒もせずに、ただぼんやりと見ていた。

やがて、人の姿が薄闇に浮かんだ。道子のすぐ近くまでやって来た。一人ではなかった。若い男女だ。

男は着物を身にまとい、女は作務衣《さむえ》を着ている。和日傘を差しているのは男のほうで、女は重箱を持っていた。

太陽などどこにもないのに、日射しを避けるように二人は寄り添って和日傘に入っている。

夢のように美しい二人だった。人間ではないのかもしれない。神さまが独りぼっちの自分を憐《あわ》れんで、あの世から迎えを出してくれたのかもしれない。

(天国に行けるのかしら)

そう思ったのだが、違った。道子が何か言うより先に、若い男女が歩み寄り、話しかけてきた。

「こんばんは。和菓子処かのこ庵の杏崎かの子です」

「御堂神社の御堂朔です」

そんなふうに自己紹介したのだった。御堂神社は知っている。行ったことはないが、深川にある小さな神社だ。

でも、その神社にこんなに美しい男がいるなんて知らなかった。また、かのこ庵というのも聞きおぼえがない。

話しかけてきたということは、道子に用事があるのだろうが、まったく見当がつかなかった。そもそも初対面なのだから。

とりあえず立ち上がり、男女に聞いてみた。

「人違いではないですか?」

自分に用事のある人間がいるとは思えなかった。詐欺を働くような若者ならターゲットにされるかもしれないけれど、この二人は善良そうに見える。人は見た目ではないというが、たいていは見たとおりの性格をしている。特に、若者は考えていることが顔に出やすい。

「いいえ。石垣道子さんに用事があって来ました」

杏崎かの子と名乗った女は言った。道子の名前を知っていた。

「用事？」

「はい。和菓子を持ってきました」

意外な返事だった。いや、和菓子処と名乗ったのだから、意外でもないのか。意外に決まっているのに、受け入れようとしていた。

久しぶりに人としゃべったこともあって、混乱していた。道子でなくても、混乱する状況ではあったけれど。

すると、御堂神社の御堂朔が口を挟んだ。

「よろしかったら、おかけください」

「え……」

道子は驚いた。いつの間にか首吊《くびつ》りの木のそばに縁台が置かれていたからだ。それも、ただの縁台ではない。江戸時代の茶屋を思わせる長方形の腰掛け——木製の縁台だった。鮮やかな色の緋毛氈《ひもうせん》が敷いてある。さらに、夜だというのに、朱色の野点傘《のだて》が立っていた。

――人使いが荒いですわ。

――我らは、人ではなく妖《あやかし》と幽霊でございますぞ！

誰かがそう言った気がしたが、ここには、朔とかの子しかいない。そんな声が聞こえるはずはなかった。

夢を見ているのだろうか。他に考えようがなかったけれど、頬に当たる夜風は現実としか思えない。

「どうぞ」

「あ……ありがとう」

よく分からないまま、お礼を言って座った。すかさずお茶が出てきた。どこからともなくポットと湯飲みが現れたように思えたが、かの子が注いでくれたのだろう。

ずっと、ここにいたせいで喉《のど》が渇いていた。遠慮なく、お茶を飲んで息をほっと吐いた。息と一緒に言葉が出た。

「美味《おい》しい」

誰かが淹《い》れたお茶を飲むのは久しぶりだった。息子夫婦が死んでから外食する気にもなれず、ほとんど自宅に引きこもっていた。

「本日の和菓子を持ってきました」

かの子が言い、重箱を開けた。道子の目が引き寄せられた。そこに入っていたのは、真っ白な大福だった。

今さら大福の説明をする必要はないだろう。甘い小豆《あずき》あんが餅《もち》で包まれている和菓子のことだ。

食文化が変わったと言われている現代でも、大福を知らない者は少ないと思う。コンビニにも売られている、おやつの定番だ。

忘れることのできない思い出もあった。大福は、道子の夫の大好物だった。夫が生きていたころ、ときどき、道子は大福を作った。

夫が入院してからも、「好きなものを食べてもいい」と医者に言われていたので、お見舞いに持っていくことが多かった。

夫は手作りの大福を食べて、大げさに喜んでくれた。

旨《うま》いなあ。おまえの作った大福を食べられただけで、生まれてきてよかったと思えるよ。

余命宣告を受けた後に言われた言葉だ。

道子は、涙をぼろぼろこぼすだけで何も言えなかった。夫を慰めることさえできなかった。

私も、生まれてきてよかったです。あなたと暮らせて幸せでした。

そう言うことができたのは、夫が骨になってからだった。仏壇に供えられた骨壺《こつつぼ》に向かって、泣きながら伝えた。何度も何度も言った。「幸せでした」と呟《つぶや》くたびに、もう幸せが終わってしまったと思った。

どうして、人は死んでしまうのだろう？

いずれ死ぬ運命にあるのなら、生まれてくるのは呪いでしかない。

それでも生まれてきたから、夫に会うことができたと思うときがある。通りすぎてしまったけれど、生まれてきて幸せだったと感じた瞬間があった。

「どうぞ」

かの子が、大福を皿に取り分けてくれた。道子の分、それから、隣の席にもう一つ置いた。かの子は何も言わなかったが、あの世に行ってしまった夫の分のように思えた。

「いただきます」

自然と言葉が出てきた。黒文字《くろもじ》で小さく切ってから口に運んだ。ちなみに、黒文字とは、和菓子に添えて出す楊枝《ようじ》、もしくは、つま楊枝のことだ。クロモジ科の落葉低木で作られていることから、そんな名前がついている。

最近では、プラスチックのピックで食べることも多いようだけれども、やはり黒文字は雰囲気がある。

切った瞬間から、普通の大福ではないと分かっていたが、舌の上に載せていっそう驚いた。

「あら……」

りんごの味が口中に広がった。大福の中に、蜜《みつ》漬けのりんごが入っていたのだ。レモンとシナモンの香りもする。

「徳島県にある老舗《しにせ》の『日《ひ》の出《で》楼《ろう》』さんの銘菓を参考に作りました」

かの子は言った。そして、突然、歌うように言葉を続けた。

池又菓子屋じゃ

日の出は餅屋じゃ

新町橋まで　行かんか来い来い

何が始まったのか分からずにポカンとしていると、かの子が照れくさそうに説明を加えた。

「戦前の阿《あ》波《わ》踊《おど》り歌です。『日の出楼』さんのホームページに書いてありましたが、金《こん》比《ぴ》羅《ら》神社の門前の餅屋として始まったそうです」

行ったこともないのに、阿波踊りをしている人々が思い浮かんだ。金比羅神社はどこにあっただろうか、とも考えた。そのとき、夫の声が聞こえた。頭の奥から聞こえてきたのだった。

生きることは、旅をしているようなものだ。その旅の途中で、おまえと会えた。今は別々だが、いずれ、また一緒に旅をしよう。

こんな台詞《せりふ》を言われた記憶はないのに、はっきりと聞こえた。ちゃんと夫の声だった。優しかった夫の顔が思い浮かんだ。

夫は旅行が好きだった。しかし、仕事で忙しく、満足に旅行する時間がなかった。定年退職後に夫婦で旅行するつもりだったが、どこかに行く前に病気が見つかってしまった。

聞こえてきた声は他にもあった。

お義母さん、私たちのことも思い出してください。

息子の嫁の声だった。一緒にいるらしく、息子の気配も感じた。控え目に微笑んでいる我が子の顔が思い浮かんだ。

結婚の挨拶《あいさつ》に来たときも、息子の嫁はよく話した。初対面から、「お義母さん」と呼んでくれた。嫌な顔一つせずに年老いた自分たち夫婦と同居し、実の母親のように接してくれた。

幸せだった。そうだ。自分は、ずっとずっと幸せだった。そのことを忘れてはならない。

夫の言うように、生きることが旅をすることならば、自分は長い旅をしていることになる。夫や息子夫婦よりも長い旅をしている。同級生のほとんどより長く旅をしている。旅には土産話が付きものだ。あの世であったときに、「この世は楽しかった」と話してやろう。夫や息子夫婦、同級生たちに話してやろう。

そう思うことができたのは、りんごの入った大福のおかげだ。人生が旅だということを思い出させてくれた。夫や息子夫婦の記憶をよみがえらせてくれた。幸せだったことを教えてくれた。

優しい思い出を、宝物みたいに胸に抱いて長い旅を続けよう。百歳まで生き続けよう。与えられた寿命をまっとうしよう。いつか、あの世で大好きなみんなに会える日まで。

私にも、楽しい旅の話を聞かせて欲しい。いつの日か、会える日を楽しみにしている。

最後に声が聞こえた。たぶん、首吊《くびつ》りの木の声だろう。ちゃんと分かった。枯れてしまっても、また会えるのだ。話すことのできる日がやって来るのだ。

「よかった……」

道子は涙を流しながら、微笑んだ。久しぶりに笑うことができた。

◯

朔とかの子は、道子を家に送り届けた。

すっかり暮れてしまった闇の中で、古びた木造建築は寂しげに見えた。家は静まり返っていて誰もいない。

道子は言った。

「今度、神社に寄らせてもらうわね」

朔とかの子に会いに来てくれるというのだ。かの子は微笑み、「美味《おい》しい和菓子を用意して待っています」と返事をした。

すると道子は嬉《うれ》しそうに笑い、深々と頭をさげてきた。

「今日はありがとう。それじゃあ」

そして、誰もいない家へと入っていった。すぐに電灯を点《つ》けたらしく、窓に明かりが灯《とも》った。しかし、静かなままだった。

その様子を見てから、朔とかの子は御堂神社への帰り道を歩き始めた。ここから帰るには、ふたたび首吊りの木の前を通らなければならない。隅田川の水音を聞きながら二人は歩いた。

かの子は何もしゃべらない。朔も黙っていた。彼女が落ち込んでいることを知っていたからだ。

かの子は、祖父母を失い、両親にも先立たれている。道子の寂しさや悲しみを、誰よりも分かっていた。

首吊りの木のそばまで来たところで、かの子は足を止めて、枯れかけた夜の木を見て呟いた。

「……どうして、みんな、いなくなっちゃうんだろう」

朔に聞いたわけではないだろう。独り言のような口調だった。また、聞かれたとしても、その質問に答えることはできない。

なぜ生まれてくるのか？

どうして死んでしまうのか？

人にかぎらず、生き物すべてについて言える疑問だ。どうせ死んでしまうのなら、生まれてくる意味はない。

そう思うときがある。無力感に襲われるときがある。悲しい別れを経験させるために、生まれてきたとしか思えないときがある。

落ち込んでいるかの子を慰めたかったけれど、彼女に気休めは通じない。嘘の言葉で慰めても、彼女には見抜かれる気がした。

もともと朔は無口だが、かの子の前では、いっそう言葉を失ってしまう。何も言えなくなってしまう。

生きることは、失うことだ。出会ったら、必ず別れなければならない。いずれ、あの世で会えるにしても、現世では離ればなれになる。朔とかの子も、その例外ではないだろう。

「……すみません」

かの子が謝った。目から涙があふれていた。死んでしまった大切な人々のことを思い出して泣いてしまったのだ。

彼女はがんばって生きている。誰にも頼らず、自分の力で困っているものを救おうとする。がんばり続けることは、辛《つら》いことだ。かの子は、無理をしている。逃げてもいいのに、逃げだそうとしない。

そこまで分かっていても、やっぱり朔は何も言えない。その代わり、祈った。声に出さず天に願った。

神さま、もう、これ以上、かの子を悲しませないでください。

先祖代々、神に仕える鎮守だが、神の声を聞いたことはなかった。このときも返事は聞こえない。

それでも、朔は祈り続けた。

何も失わずに生きていけたらいいのに。
悲しむことなく生きていけたらいいのに。
叶《かな》わないと知りながら、そう祈った。

羊羹

羊羹は中国には古くからあり、日本へは留学した禅僧によって鎌倉時代末ごろに伝えられた。羊羹の字義は羊の羹《あつもの》で中国では「ようこう」と読み、羊肉を用いたとろみのある汁物であったが、禅僧によって精進物に工夫されて日本の羊羹になったという。

「図説　江戸料理事典　新装版」
柏書房

春が終わり、暑い夏がやって来た。もうすぐ梅雨があける。そして、七月のお盆が迫っていた。

お盆は八月の行事のイメージだが、七月に行われる地域もある。明治時代に旧暦から新暦に切り替わり、約一ヶ月のズレが出たことが原因だ。

近年では、企業の休みが八月に集中していることもあってか、七月のお盆は忘れられがちな傾向にあるが、かの子の生まれた家では七月に行っていた。御堂神社のあるあたりでも、七月にお盆をやる家が多いようだ。

お盆は、祖先の霊を祭る仏事だ。地域や家によって差違はあるものの、大雑把に言うと、迎え火をたいて霊を迎え、送り火で霊を送る。

お盆の間は、地獄の釜《かま》の蓋《ふた》も開くとも言われ、地獄さえ休日になるらしい。あの世とこの世の行き来が可能になるイメージだろうか。

そんなわけもあって、しぐれとくろまるが、あの世の様子を見にいくことになった。

「そこまで言うのなら仕方ありませんニャ」

「若の頼みとあっては、断ることなどできませぬニャ！」

ふたりは言った。語尾が「ニャ」――猫語になっている。言い間違えたわけでも噛《か》んだわけでもなく、実際に「ニャ」と言ったわけでもなかった。かの子以外の耳には届いていないだろう。くろまるもしぐれも、普通にしゃべっただけである。

かの子には、不思議な力があった。嘘が猫語に聞こえる。語尾が「ニャ」と聞こえる。なぜか、そう聞こえるのだ。

今回で言えば、くろまるとしぐれは嘘をついている。気が進まない振りをしているのだった。

ただ、朔の頼みというのは嘘ではない。首吊《くびつ》りの木の一件が終わった後に、くろまるとしぐれに言った。

「天丸と地丸が、あの世に着いたか見てきてくれないか？」

「見てくる、と申しますと？」

「あの世には、例の大蛇がいる。すいを狙って襲いかかってくる可能性もないとは言えない」

どこまで信じているか分からないけれど、まったくの嘘ではないようだ。あの世では、さまざまなことが起こり得るのだろう。

「その可能性は、おおいにございますな！」

「蛇は執念深いものですわ」

くろまるとしぐれが頷《うなず》き、朔は言葉を続ける。

「今の天丸と地丸は、普通の子犬だ。人食い大蛇に襲われたら、ひとたまりもあるまい」

これも嘘ではなかった。式神の任を解かれて、もともとの子犬の姿に戻って旅立っていった。猛スピードで走るバイクさえ押し倒した天丸と地丸は、もうどこにもいない。

「大蛇は地獄に落ちただろうが、地獄も休みだ。いつもよりは抜け出すことも簡単だからな」

用心しなければならない期間だということだ。猫語になっていないので、ここでも嘘は言っていない。

だが、かの子は朔の真意を知っていた。いちばんの理由は、大蛇ではないだろう。くろまるは恋人が、しぐれは母親があの世にいる。素直に会いに行こうとしないふたりに口実を作ってやったのだ。

勝手にそう思っているわけではない。本人から話を聞いていた。

「くろまるとしぐれを成仏させてやりたい」

数日前、御堂神社の境内で、朔はかの子に言った。くろまるとしぐれのいない昼間のことだった。

「成仏ですか？」

「そうだ」

朔は頷き、静かな声で続けた。

「あいつらが現世に残っているのは、おれのことを心配してくれているからだ」

彼の両親は海外にいる。鎮守を務めていた父親はその地位を朔に譲り、母親と外国に行くことにしたのだ。

朔はまだ若く、本来であれば、彼の父親が鎮守をやっているべきだが、〝力〟が弱かった。

妖《あやかし》や幽霊を見ることはできたが、それだけだった。例えば、式神は使えない。だから祖父が生きていた間は〝力〟を借り、その後は、まだ幼かった朔の力を当てにした。そうして、くろまるやしぐれ、天丸、地丸に守ってもらった。

だが、それから時代は流れ、今となっては御堂神社を狙う悪霊や悪妖怪《ようかい》はいなくなった。たとえ悪霊や悪妖怪が現れたとしても、単独でも力の強い朔に太刀打ちできるとは思えない。

「もともと一人でも負けなかった」

朔は、感情のない声で言った。このことは、くろまるとしぐれから聞いていた。朔の〝力〟は強く、御堂家歴代でも屈指であるらしい。人食い大蛇を一瞬で倒したあの柊に、匹敵するほどの実力の持ち主であるという。

しかし、そんな朔にも欠点があった。両親と悲しい別れをしたために、心が傷ついていた。くろまるたちは、その傷を癒《い》やしてくれた。家族として一緒に暮らしていた。

「もう、おれは大丈夫だ。だから、あいつらを解放してやりたい。家族として一緒に暮らせるようにさせてやりたい」と彼は言った。天丸と地丸が天に昇っていった姿を見て、改めてそう思ったようだ。

けれど、くろまるもしぐれも素直ではない。また、朔のことを心配してもいた。簡単に成仏するとは思えなかった。

「一度、あの世に行く機会を与えようと思う」

こうして、朔は天丸と地丸の様子を見てくるように命じたのだった。

あの世には、朔の祖先の簾《れん》と柊もいる。地獄の釜の蓋が開こうと、危ないことはないだろう。

ならば、あえて行く必要はない。それくらいのことは、くろまるとしぐれだって分かっていただろうに、あの世に行くことをあっさり承知した。

「そろそろ潮時かもしれませぬな」

「わたくしも、そう思ってましたわ」

ふたりが、独り言のように呟《つぶや》いた。会話として成立しているのに、独り言のように聞こえた。

何が潮時なの、と問う勇気はなかった。言葉を失うかの子に、しぐれとくろまるが話しかけてきた。

「あとはお願いね」

「頼みますぞ、姫」

いつも賑《にぎ》やかなふたりに似合わぬ静かな声だった。お盆の間不在にするだけのはずなのに、別れを告げるような口調だった。

何を考えているのか分かったが、かの子は分からないふりをした。ふたりが、そうされることを望んでいると思ったからだ。

「大丈夫。ちゃんと一億円分働くから」

わざと利息を省いて言った。いつものように、しぐれに突っ込んで欲しかった。くろまるの的外れのフォローを聞きたかった。だけど、ふたりは頷くだけだった。

「そうですわね……」

「さようでございますぞ……」

そして、涙ぐんでいた。かの子も、まぶたの奥が熱くなっていた。鼻の奥がツンと痛い。

ふたりの考えていることに気づかないふりをしなければいけないのに——何も分かっていないふりをしなければならないのに、無理だった。耐えきれなかった。涙があふれてきた。

「ど……どうして、あんたが泣いてるのよ……？」

「姫、お腹でも痛いのでございますか……？」

しぐれとくろまるが泣きながら聞いてきた。かの子以上に、涙をぼろぼろとこぼしている。

競争するみたいに、かの子の目からも涙が流れた。子どもみたいに泣きながら、ふたりの小さな身体を抱き締めた。力いっぱい抱き締めた。

「うん。お腹が痛いの……。すごく痛いの」

どこもかしこも痛かった。身体がばらばらになってしまいそうだった。くろまるとしぐれは返事をしない。しがみつくように、かの子に抱きついていた。妖と幽霊なのに、その身体は温かかった。

一緒にいてくれて、ありがとう。さようなら。声に出してはならない言葉が、胸の中を駆け回っていた。


くろまるとしぐれは、新盆の七月十五日に旅立つことになった。お盆の間だけ、あの世に行くという体裁をとり続けた。あの世に行くことを、誰にも伝えなかった。木守にさえ黙っていた。ただ、かの子と深川の町を歩く時間が増えた。

かのこ庵を開ける前の黄昏時《たそがれ》に、さんにんでいろいろな場所を歩いた。観光地には行かず、寂れてしまった公園や空き地を眺めてすごした。

「二百年後の世界を見られるとは思いもしませんでしたわ」

「さようでございますな」

「あんたは妖なんだから、眷属《けんぞく》にならなくっても長生きしたんじゃありませんの？」

「若のご先祖と会わなければ、我は死んでおりました」

くろまるは断言した。その口調は、当たり前のことを言っているようだった。実際にそうだったのかもしれない。出会いで人生は変わる。そして、別れでも変わる。世の中は変わり続けていく。

しぐれは独り言のように続けた。

「あの世に行っても、お母さまと暮らすつもりはありませんわ。お母さまには、新しい家族がいるのですから」

お盆の間だけあの世に行くという設定を忘れてしまったようだ。かの子は突っ込まない。幼くして死んだ幽霊の話を黙って聞いていた。

彼女の母は、しぐれが死んだ後、優しい男と結婚し、幸せな人生を送っていた。しぐれは、その様子を幽霊になってからも見守っていた。母親が死ぬまで、ずっと見守っていた。

「会わないつもりでございますか？」

「行ってみないと分からないわ」

邪魔になるようだったら、会わずに済ませるつもりみたいだ。自分の幸せよりも、母親のことを考えるのは、本当にしぐれらしい。

「でも会っても大丈夫そうでしたら、とりあえず謝りますわ」

「謝る？」

かの子は、思わず聞き返した。生きていたころのしぐれは、何をする暇もなく幼くして死んでいる。謝るような真似をしたとは思えない。

「いいえ。しましたわ。どうしようもなく悪いことをしてしまいましたの」

しぐれは呟き、夜空を見ながら続けた。星の見えない都会の夜空に語りかけるように言った。

「母親にとって、我が子に先立たれるのは辛《つら》いことですわ。お母さまも、わたくしが死んでしまって辛かったはずですわ。だけど、わたくしはお母さまの子どもに生まれてよかったと思っていますの。もし生まれ変わりというものがあるのなら、また、お母さまの子どもに生まれたくてよ」

その後の言葉は、あの世にいる母親に語りかけるようだった。

「わたくしのお母さまになってください。そのときは、ちゃんと、病気にならない丈夫な身体で生まれてきますから。二度とお母さまより先に死なないと約束いたしますから」

かの子は何も言わず、しぐれの願いが叶《かな》うように祈った。この少女が幸せになれるように祈った。

○

旅立ちの日が訪れた。月が出るのを待って、くろまるとしぐれはあの世に向かう。お盆が終わったら神社に帰ってくることになっているけれど、本当に帰ってくるかは分からない。

かの子と朔も、そのことを知っていた。帰って来ないかもしれないことを理解していながら、旅行に出るように見送ろうとしていた。

天丸と地丸が旅立ったのと同じ場所——御堂神社の境内から、あの世に向かうことになっていた。

かの子と朔は、夕暮れ時から境内に立っていた。何も話すことなく、神社の風景を見ている。

かの子にはかの子の思い出があるように、朔も、くろまるやしぐれと過ごした日々の記憶があるのだろう。無表情だが、いつもにも増して陰のある目をしていた。

やがて日が沈み、朔がぽつりと呟いた。

「受け月だな」

空を見ていた。視線をおいかけて見上げると、受け皿に似た上弦の月が浮かんでいた。

受け月という呼び方は聞いたことがあった。昔、そんな話を小説で読んだ。確か、願いを叶えてくれる月だ。願い事をすると、この月の皿に入って叶うという。

「月には、不思議な力がある。願い事があるなら頼んでみるといい」

「はい」

かの子は朔の言葉に頷《うなず》き、くろまるとしぐれの幸せを願った。あの世で愛する人に会えますように、と受け月に祈った。自分のことは何も願わなかった。

どれくらいの間、そうして手を合わせていただろう。ふいに声が聞こえた。

「見送りなんていりませんでしたのに」

「その通りでございますぞ」

さっきまで誰もいなかった境内に、しぐれとくろまるが立っていた。見えなかっただけで、ずっと前から、そこにいたのかもしれない。何の根拠もないけれど、そんな気がした。

ふたりが近づいてくると、朔がくろまるに言った。

「これを返しておこう」

そして、自分の髪から組紐《くみひも》を外した。美しい組紐だった。かの子は、この組紐がくろまるの恋人からの贈り物だと知っている。

「組紐をもらってやらぬのか？」

「そんな資格はない」

三百年以上も昔に、朔の祖先とくろまるは、そんな会話を交わしたという。それ以来、組紐は、御堂家の鎮守の髪を結び続けてきた。

遠い昔に作られたはずの組紐なのに、不思議なことに少しも古びていなかった。鎮守の力なのか、死んでしまった娘の思いがこもっているからなのか、組んだばかりみたいに真新しくて艶《つや》やかなままだ。

くろまるは断らなかった。受け取る資格がないとは言わなかった。その代わり、ペコりと頭を下げた。

「長い間、預かっていただき、ありがとうございまする」

預かっていたのは組紐だけではない。くろまるの思い人——おゆうへの気持ちも預かっていたのだろう。

「おれは持っていただけだ」

朔がそう言って、組紐をくろまるの頭に載せた。その瞬間、時空がぐにゃりと歪《ゆが》んだ。目眩《めまい》にも似た感覚に襲われ、かの子は目を閉じた。一分間くらい経ったときだった。

「もう目を開けても大丈夫だ」

聞いたことのない渋い声が聞こえた。おそるおそる目を開けると、黒猫が消えていた。そして、精悍《せいかん》な美男子が立っていた。

二十歳前だろうか。漆黒の髪は結べるほどに長く、瞳《ひとみ》の色はそれより暗い黒だ。墨染めの着流しを着ている。

「だ、誰……？」

「もう忘れたのか？　くろまるだ」

美男子が返事をした。さっきの渋い声である。声までイケメンだ。

「嘘っ⁉」

思わず叫んでしまった。くろまるではなく、黒丸《くろまる》だ。平仮名の似合わない容姿になっていた。しかも、しゃべり方まで変わっている。何もかもが、とんでもなくクールになっていた。

っている。

朔は〝黒丸〟を知っていたらしく、驚くことなく話を進める。

「大蛇に襲われたときの備えに、式神を作ってやろうか？」

「誰に言っている？　烏天狗《てんぐ》が大蛇ごときに遅れを取ると思っているのか？」

鼻で嗤《わら》うように答えた。朔に対してもタメ口であった。

ちなみに、烏天狗は妖《あやかし》の中でも屈指の神通力を持っている。また、剣術の達人でもあり、遠い昔、牛若丸《うしわかまる》と名乗っていた源義経《みなもとのよしつね》に稽古《けいこ》をつけてやったこともあるという。

確かに、腰に刀を差している。見た目も強そうだ。

「まあ、大丈夫だろうな」

朔は引き下がった。黒丸の強さを知っているのだ。あのくろまるが、恐ろしい大蛇に勝てるとは。

気を取り直して、かの子も聞いてみた。

「やっぱり、キュウリとかナスで行くの？」

精霊馬《しょうりょうま》のことだ。割り箸《ばし》を差し込んで作るのが一般的だろうか。お盆の風物詩でもある。そうであれば、これから作ろうと思ったのだ。

「そんなものに乗れるか」

黒丸が舌打ちし、どこからともなく漆黒の翼を出した。堕天使を思わせる美しい翼だった。烏天狗というのは、こんなに美しい妖だったのか。それにしても、可愛らしい黒猫だった名残はどこにもない。

「しぐれ、背中に乗れ。おれが連れていってやる」

「キャラ変わりすぎですわ」

女児の幽霊は、ため息をついた。だが、断らなかった。黒丸の背中に、小さな身体を預けた。

「しっかり摑《つか》まっていろよ」

「了解ですわ」

仲のいい兄と妹のようだ。たとえ母親と暮らすことができなくても、黒丸が一緒なら大丈夫だろう。そう思わせるほどの頼りがいがあった。

「じゃあな」

「行って参りますわ」

あっさりと旅立とうとする。湿っぽくならないようにしているのだろうが、このまま行かせたくなかった。

「ちょっと待って！　お土産があるから持っていって」

かの子は、慌てて呼び止めた。

○

最初から、くろまるやしぐれと仲がよかったわけではない。むしろ反対だ。とことん嫌われていた。

そのころ、かの子は困っていた。それまで勤めていた竹本和菓子店を解雇されて、寝る場所も失った状態で、御堂神社にやって来た。ひったくりにも遭って、散々だった。

しかも、一億円の借金があることが判明した。本当に、本当に、どこまでも散々だった。

そんな自分にかのこ庵を任せると朔は言った。しかし、くろまるとしぐれは大反対をした。

「若のお考えでも、我は賛成できませぬぞ！」

「わたくしも反対ですわ！　この娘に一億一千万円の価値はありませんわ！」

名前さえ呼んでもらえずに、罵《ののし》られて追い出されそうになった。ふたりは朔に言ったものだ。

「この娘は追い出してくだされ！」

「わたくしも、そのほうがいいと思いますわ」

当たり前だ。和菓子職人とも言えない未熟な女に店を任せようとすること自体がおかしい。

「おまえらの言い分は分かった。一理ある。もっともだな」

美形の鎮守は頷《うなず》き、穏やかに返事をした。

「だが、かの子に店を任せることに変わりはない。かのこ庵で和菓子を作ってもらうことは決定だ」

朔が突っぱねると、くろまるとしぐれは鎮守の森に隠れてしまった。思い返してみれば、そのふたりのために和菓子を作ったのが、かの子の再スタートだった。どうにか食べてもらおうと必死に作った。そうして、ようやく受け入れてもらえた。

出会ってから一年も経っていないけれど、ふたりは大切な存在だ。紛れもない家族だった。

家族も仕事も住む場所も失った自分が笑って暮らせたのは、くろまるとしぐれのおかげだ。

お礼をしたかった。だから和菓子を作った。あの世で、みんなで食べてもらおうと思ったのだ。

そう。みんなで。

天丸と地丸、すい、くろまるの恋人、しぐれの母親、朔の祖先たち。自分の作った和菓子を、何百年も昔の人々や妖たちが食べてくれる。

想像しただけで嬉《うれ》しくなるはずなのに、かの子の目には涙があふれていた。泣かずにはいられなかった。

「これ、持っていって」

どうにか紙袋を差し出した。その中には、羊羹《ようかん》が入っていた。ただの羊羹ではない。ドライフルーツやナッツの入っている羊羹だった。

羊羹の歴史は古い。鎌倉《かまくら》時代から室町《むろまち》時代に禅僧によって日本に持ち込まれたと言われている。そのころは甘いものではなかったようだが、慶長《けいちょう》八年（一六〇三）に発行された『日葡辞書《にっぽじしょ》』では菓子として紹介されている。

古典的とも言える和菓子だが、時代に合わせてアレンジされることも多い。例えば、果物を入れたフルーツ羊羹は、もはや定番と言えるかもしれない。

上質な小豆《あずき》あんにドライフルーツやナッツは、よく合う。味だけでなく、歯触りの変化も楽しめる。

「ありがたくもらっていく」

「あとはお願いね」

黒丸としぐれは言った。そして、今度こそ行ってしまった。空高く舞い上がり、あっという間に見えなくなった。かの子には、ふたりが星になってしまったように見えた。

◯

御堂神社が遠くなり、やがて見えなくなった。目を凝らしても、何も見えない。人間の町は、もう、ふたりの視界には入らない。

「これでよかったのですわ」

しぐれは言った。さっきから同じ言葉を繰り返している。自分に言い聞かせるように繰り返している。自分で決めたことなのに、別れが辛《つら》かった。

――また戻ってくればいいだろう。

人はそう思うかもしれないが、そんなに簡単な話ではない。この世とあの世は、気軽に行き来できる場所ではなかった。成仏してしまうのだから、二度と現世に来ることができなくなる可能性もあった。

「それが理《ことわり》というものだ」

しぐれの気持ちが分かるらしく、黒丸が空を飛びながら言った。突き放すような口振りだったけれど、長い付き合いのしぐれには、黒丸が悲しんでいると分かった。冷淡にも聞こえる口調で続ける。

「遅いか早いかの問題だったからな」

世の中は変わり、妖《あやかし》や幽霊たちは姿を消し始めている。そう遠くない未来に、ひとりもいなくなるだろう。

「朔も、普通の人間として暮らせる」

妖や幽霊がいなくなれば、いずれ朔の母親も帰ってくるだろう。それがどんなに幸せなことか、しぐれも黒丸も知っていた。

御堂神社の鎮守は、楽な仕事ではない。高い能力を持っていればいるだけ、短命に終わることが多かった。無理をするからだ。朔の祖先である廉や柊も、四十歳になる前に命を落としている。

また愛する者と一緒になれないことも珍しくなかった。独りぼっちで死んだ鎮守もいた。

「朔に必要なのは、眷属《けんぞく》ではありませんわ」

ふたたび、自分に言い聞かせるように言った。ずっと思っていたことでもあった。分かっていたことだった。

「まだ、もう一つ、眷属としての仕事が残っているぞ」

「分かっていますわ」

そう返事をして、しぐれは口を閉じた。黒丸も無言で飛んでいく。

あの世とこの世は、遠く離れている。普通の死者であれば、何ヶ月、場合によっては何年もかけて辿《たど》り着く場所だ。

しかし、鳥天狗《てんぐ》は速い。堕天使の翼で、一日もかけずに着いてしまう。もう半日もしないうちに、あの世が見えてくるはずだった。暗闇が走馬灯のように流れていく。ふたりは、暗闇の中を矢のような速度で飛んでいた。

ふいに人間の言葉を思い出した。首吊《くびつ》りの木の事件のときに、石垣道子はこんなふうに思っていた。

いいことなんて一つもない。

ニュースを見たって悪いことばかりが起こっている。

確かに、先の見えない時代だ。国は衰退し、人々は貧しくなった。子どもの数が減り、町からは活気が失われた。笑い声よりも、ため息ばかりが聞こえてくる。

光の欠片《かけら》さえ見えなくて、どんどん悪い方向に進んでいるようにも思える。道子のように絶望する人間も多いだろう。

でも、違う。絶望する必要はない。江戸時代から人々の暮らしを見続けているしぐれは、そう思っている。

何の根拠もない、ただの願いかもしれないが、このまま悪い方向に進まないと信じていた。

「夜明け前が一番暗いからな」

黒丸が、しぐれの言いたいことを横取りした。もうすぐ明るい時代がやって来る。人間たちには、明るい未来が待っている。きっと、誰もが幸せになれる。笑って暮らせる日が訪れる。

「わんっ！」

「わんっ！」

闇の先から、聞きおぼえのある声が聞こえてきた。あの世に先に行っているはずの天丸と地丸、そして、すいに追いついてしまったようだ。黒丸としぐれに気づき、嬉しそうに吠《ほ》えている。

しぐれがあの世に行かなかったのは、独りぼっちになることが怖かったからだ。母の邪魔をしたくないと思ったのは嘘ではないけれど、それ以上に拒まれるのが怖かった。母には、新しい家族がいる。家族のいない自分は、どこに行っても独りぼっちだと思っていた。

しかし、それも間違いだった。独りぼっちではなかった。黒丸も、天丸も地丸もいる。一緒にあの世には行けないが、かの子と朔もいる。町が見えなくなっても、優しい記憶は消えない。楽しかった記憶は残っている。

「わたくし、生まれてきてよかったですわ」

しぐれはこの世で出会ったすべてのものに、ありがとうと伝えた。八歳で幽霊になってしまったけれど、ずっと、ずっと幸せだった。そして、これからもきっと幸せだ。

パフェ

グラスにアイスクリームとあわ立てた生クリームを重ね入れ、それらの間に甘いソースを流しこみ、果実、木の実などで飾ったもの。配合するものによりチョコレートパフェ、バナナパフェ、イチゴパフェなどがある。

百科事典マイペディア

白石《しらいし》レナは、東京都江東区《こうとう》――「深川」と呼ばれる一画を歩いていた。ただし四つ足で。普段は、日本橋の竹本和菓子店で暮らしている。正確に言うと、可愛らしい白猫として飼われている。その正体は、成仏できずにいる少女の幽霊であった。

話すと長くなるが、かつて新の同級生だった。生きていれば三十歳になるところだが、死んでしまった年齢のまま、この世にいるかぎり十二歳だ。永遠の美少女と言っていい。

普段は気が強く、かの子を目の敵にしているけれど、このところ元気がない。外に出るのも久しぶりのことだ。ちなみに向かっている先は、深川の外れにある御堂神社である。

「なに勝手に成仏しているのよ」

とぼとぼ歩きながら文句をつけた。くろまるとしぐれのことだ。さっき鳥に聞いて知ったばかりだった。幽霊であるレナは、鳥や獣と話すことができる。

「一言くらい言いなさいよ」

悪態を吐いているとも言える内容だが、言葉に勢いがなかった。レナは、しゅんとしていた。どうしようもなく落ち込んでいた。泣いてしまいそうだった。

くろまるとしぐれがいないとなると、相談できる相手は、かの子と朔しかいない。幽霊であるレナが話すことのできる人間は、あの二人しかいなかった。くろまるやしぐれのほうが話しやすいが、もう現世にいないのだから仕方がない。

朔はともかく、かの子は恋敵だ。レナは、かの子が新の気持ちを弄《もてあそ》んでいると思っている。だから大嫌いだった。あの手の鈍い女とは相性が悪い。それでも会いに行こうとしていた。

白分の好き嫌いや相性の悪さなど、どうでもよくなってしまうような問題が起こっていた。

「誰でもいいから、どうにかしてよ」

レナの目には、涙が光っている。あのことを知ってから、ずっと泣いていた。途方に暮れていた。

○

ずいぶん前から、和三郎の様子がおかしいことには気づいていた。気づかないわけがない。ずっと和三郎と一緒にいるのだから。レナ自身が、病気で死んでいるのだから。

初恋の相手は新だけど、新のことが好きで成仏できずにいるのだけれど、猫として暮らしているレナの世話をしてくれているのは和三郎だった。竹本和菓子店に住み着いたレナを可愛がってくれる。

「美味《おい》しいごはんを買ってきたからね。たくさん、お食べ」

「寒くないかい？　毛布を出してやろうかね」

「おまえは、本当にいい子だねえ」

にゃあ、と鳴くだけで喜んでくれた。頭を撫《な》でてくれた。

そんな和三郎だったが、ずっと体調を崩していた。七十歳をすぎていることもあって、病院にも頻繁に通っていた。薬を飲んでいるところを見ていると、真面目な顔で言ってくる。

「心配しなくても大丈夫だよ」

大嘘《おおうそ》だ。レナは、その台詞《せりふ》を嘘だと知っていた。大丈夫なんかじゃないことを知っていた。

数日前のことだ。病院から帰って来るなり、誰もいない部屋で和三郎が語りかけてきた。

「新と仲よくやるんだよ」

別れを告げる口調だった。何かを諦《あきら》めた人間の声だった。身体の弱い少女だったころ、レナも庭に遊びに来る小鳥や野良猫に話しかけたことがあった。

──さようなら。

そう呟《つぶや》いたことがあった。そのときの口調とそっくりだった。きっと、よくない知らせを受けたのだろう。

人間と話すことのできる幽霊もいるが、レナはそこまでの力はなかった。和三郎に話しかけたところで意思の疎通を図ることはできない。

「みゃあ」

そんなふうに鳴くことしかできない。和三郎を励ますことも、新と相談することもできなかった。

息子の新さえも、和三郎が病院に通っていることを知らない。検査を受けたことを知らない。秘密にしていた。古くからの友人でもある医者に頼んで、こっそりと診てもらっているのだ。診察を受けに行くときも、散歩や墓参りに行くと言って家を出ていく。

「できるだけ心配かけたくないからね」

それでも黙っていることは辛い。和三郎は、レナにだけ本当のことを話してくれた。

余命一年と告知されたことを教えてくれた。

「入院する必要もないそうだ。好きにしていいと言われたよ」

手術ができないほど病気が進んでいるという。痛み止めを飲みながら、和三郎は暮らしていた。

「みゃあ」

「大丈夫だよ。どうしようもなくなったら、病院で面倒を見てもらうつもりだからね」

和三郎は、心配するレナの頭を撫でながら言った。その声は優しかった。ものすごく優しかった。

死ぬことを覚悟している人間の声だ。穏やかに死んでいきたいと思っている人間の声だ。

「そのときが来るまで、誰にも言わないでおくれよ」

レナの正体を知っているわけではなかろうに、和三郎は真面目な顔で言った。レナは頷《うなず》いた。せめて新には話すべきだと思いながら、病気を隠しておきたい気持ちがわかったのだ。

そして、そのときが訪れた。とうとう、来てしまった。和三郎が倒れて、病院に運ばれた。

改めて治らない病気にかかっていると告知された。新の知るところとなった。

○

「そんな……」

かの子の口から声が漏れた。レナの話を聞いて、全身から力が抜けた。立っていることができなくなり、かのこ庵の店前の縁台に座り込んでしまった。

くろまるとしぐれがあの世に行ってしまった後も、かのこ庵の営業を続けていた。首《くび》吊《つ》りの木の一件から、妖《あやかし》や幽霊だけではなく、人間も相手にするために夕方からの営業を始めていた。

今のところ人間の客は道子と、和三郎の友人でもある梅田《うめだ》久子《ひさこ》くらいだが、毎日のように顔を出してくれる。二人の老婦人は、いつの間にか仲よくなっていた。最近では連れ立って遊びに行ったりしているようだ。

これも、朔のおかげだった。

「もう、かのこ庵を隠す必要はないからな」

そう言って、昼間も店が消えないようにしてくれた。神社の近くに和菓子屋があることは珍しくなく、不思議がられることもなく受け入れられていた。

相変わらず客は少ないが、少しずつ地域に根付き始めている気がする。借金返済の目《め》処《ど》は立っていないし、店のテナント代を払わずに済んでいるから、やっていけていることに変わりはないけれど。

人間の客が帰り、妖や幽霊相手の商売を始めようと思った矢先、レナが姿を現した。いつもうるさい白猫が、今日はやけに静かだった。しょんぼりしていて、様子がおかしい。

「どうかしたの？」

問いかけると、レナが途方に暮れた声で答えた。

「和三郎さんが死んじゃう……」

かの子は嘘が分かるので、レナが適当なことを言っているのではないと分かった。分かったからこそ、意味が分からなかった。

「……死んじゃうって、どういうこと？」

聞き返した声は、掠《かす》れていた。死という言葉にショックを受けたのだ。

すると、レナが泣き出した。涙をぼろぼろとこぼしながら、それでも、かの子の質問に答えた。

「和三郎さんが、倒れて入院したの。ずっと前から病気だったの。誰にも言わずに病院に行っていたの。余命宣告を受けていたの」

「え……」

頭が追いつかなかった。いや、追いつきたくなかった。そのくせ、目の前が真っ白になっていた。そんなかの子にレナが聞いてくる。

「ねえ、私、どうすればいいの？　どうすれば、和三郎さんを助けられるの？」

答えることはできなかった。

両親が死に、かの子を育ててくれた祖父が死んだ。天丸と地丸が成仏し、くろまるとしぐれも行ってしまった。

そして、今、和三郎の寿命が残り少ないことを知った。もうすぐ死んでしまうことを知った。

余命一年。

レナはそう言った。一年後にはいなくなるということだ。かの子を置いて、遠くに行ってしまう。どこかへ行ってしまう。

「鎮守さま、和三郎さんを助けてください」

レナが朔に頼んでいる。和三郎を死なせたくないのだ。猫の姿のまま、朔に頭をさげている。けれど、願う相手が違う。頼む相手が違う。

「おれには、どうすることもできん。……すまん」

朔が謝った。強い力を持っていようと、病気を治すことはできない。人の寿命を延ばすことはできない。鎮守は神さまではないのだから。

「そう……ですよね……」

白猫が頷く。分かっていて聞いたのだ。和三郎を助けてくれ、と願わずにはいられなかったのだ。

かの子は、何も言わなかった。しゃべる気力がなかった。落ち込んでいるレナを慰めることもできない。深川の景色が滲《にじ》んで見えた。涙があふれ出していた。自分は泣いてばかりいる。

レナと朔も、口を閉じた。すると、音が消えた。天丸や地丸、くろまる、しぐれのいなくなった神社は静まり返っている。隅田川の水音が聞こえてきそうなほどだった。

沈黙の中、時間だけがすぎていく。

このまま永遠に沈黙が続くのだろうか？

そう思ったときのことだった。ふいに足音が聞こえた。妖や幽霊のものではない気がする。たぶん、人間がやって来た音だ。神社の玉砂利を踏んで近づいてきている。こっちに向かってきていた。

最初に彼に気づいたのは、白猫のレナだった。

「新くん……」

そう。新だ。

夕暮れ過ぎの境内を歩いているのは、竹本新だった。かのこ庵に気づき、驚いた顔をしている。

○

「立派なお店ですね」

挨拶《あいさつ》もせずに、新が話しかけてきた。前にここに来てから、三ヶ月くらい経っている。かのこ庵が妖や幽霊だけではなく、人間も相手にするようになってからは来ていなかった。三ヶ月もあれば、いろいろなものが変わる。店ができても不思議はない。新は、あっさりと受け入れたようだ。それから、白猫のレナに声をかけた。

「こんなところにいたんですか？」

姿が見えなくなって、さがしに来たようだ。急に飼い猫がいなくなれば、心配するのは当然だろう。しかし、なぜ、レナがかのこ庵にいると分かったのだろうか？

疑問に思ったことが顔に出たのか、新が言い訳するように付け加えた。

「なんとなく、ここにいるような気がしたんです」

霊感のようなものがあるのかもしれない。いなくなった飼い猫の居場所が分かる程度の力を持っている人間は、意外と多い。

そして、新はかの子の表情に気づく。泣いていることに気づいたようだ。何か言われる前に、かの子のほうから言った。いや、言おうとした。

「和三郎さんが……、和三郎さんが……」

言葉にならなかった。ちゃんと声が出なかった。和三郎がどうなっているのかを聞きたいのに、何も聞きたくなかった。ただ、嘘だと言って欲しかった。余命宣告なんて受けていないと言って欲しかった。

けれど、かの子の願いはやっぱり叶《かな》わない。かの子の言いたいことを察したらしく、新が呟《つぶや》いた。

「ご存じだったんですか？」

その言葉は重かった。それでも諦《あきら》められずに、質問に質問で答えた。

「本当に病気なんですか？」

すがるような口調になっていた。だが、新は頷いた。かの子が聞きたくなかった言葉を口にした。

「昨日、倒れて入院しました。余命一年と言われました」

「そんな……」

最後の力が抜けたような気がした。新が来たのに、立ち上がることはできなかった。

店長の役目を果たせない。

新はそれ以上、何も言うつもりはないようだ。かの子に、こんな言葉を投げかけてきた。

「今日は、これで失礼します」

いつもと変わらない冷静な声だった。いつの間にか、すでにレナを抱えている。そのまま帰っていこうとした。

かの子は問いかけた。新を呼び止めて、聞かずにはいられなかった。

「和三郎さんが入院したのに平気なんですか？」

そんなつもりはなかったけれど、責めるような口調になっていた。和三郎が死んでしまうというのに、普段と変わらない新に腹を立てたのかもしれない。それくらい、新の様子は普通だった。

すると、新がきっぱりと答えた。

「平気に決まっています」

「え？」

かの子は目を丸くした。そして、新の顔をまじまじと見た。父親が病気になっても平気なのか？　余命宣告を受けたのに、何とも思わないのか？

しかし、もちろん、そういう意味ではなかった。平気なはずはなかった。彼の言葉には続きがあった。かの子の目をまっすぐに見つめて、その続きを口にした。

「医者が何と言おうと、大丈夫だと信じています。手術ができなかろうと、父は治ると思っていますから」

自分に言い聞かせるように言った。眼鏡のせいで分からなかったが、新の目は真っ赤だった。

「新くん、ずっと泣いていたのよ。和三郎さんが倒れてから、ずっと寝ていないし」

レナが、かの子と朔にしか届かない声で言った。

父親が余命宣告を受けて、平気なわけがない。かの子以上にショックを受けているに決まっている。それでも信じようとしているのだ。和三郎の病気が治ると、自分に言い聞かせているのだ。

私は、バカだ。

どうしようもないバカだ。

まだ生きているのに、勝手に落ち込んでいる。その上、一人息子の新を責めるようなことを言ってしまった。

かの子に謝る暇も与えず、新は改めて言う。

「ですから、帰ります」

ですからの意味が分からなかった。話のつながりが見えない。だが、それも、かの子の未熟さゆえだった。新が言葉を継いだ。

「和パフェを作ります」

今度こそ叫びだしそうになった。そうだった。自分も作らなければならなかった。かの子は、和三郎に頼まれたことを思い出した。


和パフェを作ってくれないかね。

あのとき、和三郎は言った。それもただの和パフェではなく、不思議な条件がついていた。

若い女性が好むような和パフェを作って欲しいんだ。

かの子は頷いた。作ると約束した。でも、その約束は守っていない。何もやらなかったわけではないけれど、和パフェは意外に難しく、また、いろいろなことがありすぎた。

和三郎には、世話になっている。たくさん励ましてもらった。祖父が死んだとき、どうにか立ち直れたのは、和三郎のおかげだ。こうしていられるのは、和三郎のおかげだ。

「かの子」

朔が名前を呼んだ。不思議なことに、それだけで気持ちが落ち着いた。ただ名前を呼んでくれただけなのに、前を向くことができる。こんな自分だけど、がんばろうと思うことができる。

かの子は涙を拭《ぬぐ》い、新に言った。

「私も作ります。がんばって美味《おい》しい和パフェを作ります」

そして、和三郎を励ましたかった。

○

まさか、この時期——お盆に倒れるとは思っていなかった。こうなる前に入院するつもりでいたが、お盆の間だけは家にいたかった。彼女がこの世にいる間くらい、あの家ですごしたかった。

「びっくりさせて悪かったね」

　和三郎は、病院の個室で呟いた。周囲には誰もいないけれど、その声は届いているはずだった。彼女——死んでしまった妻に。

　お盆の間、死者がこの世に帰ってくる。それなのに和三郎は倒れて、気づいたときにはお盆が終わっていた。妻もあの世に帰った時期だ。

　けれど、和三郎は彼女の気配を感じていた。入院した自分を心配して、一緒にいてくれているような気がするのだ。

「心配をかけてすまないねえ」

　ふたたび妻に謝った。返事はなかったが、和三郎は気にしなかった。医者や看護師、見舞いの客がいるときは、妻に話しかけたりしない。認知症になったと心配されるのは本意ではなかった。

　病院での時間は、ゆっくりと流れる。死を目前に控えているせいか、いっそう時間の流れが緩やかに思えた。

　和三郎は、また独り言を呟く。死んでしまった妻に話しかける。

「いつだって、私はこの調子だ。くよくよ、ぐずぐずして、おまえに迷惑をかけてしまうんだからね」

昔のことを思い出していた。誰もいない病室にいるせいか、強い鎮静剤のためなのか、現在と過去を行き来していた。

「あれから五十年も経ってしまったんだねえ」

○

和菓子作りの名人として海外にまで名前の響いている和三郎だが、最初から何もかもが上手《うま》くいったわけではなかった。和菓子職人になると決めたものの、生来の不器用さから苦労した。

どうにか店に出せるレベルの和菓子を作れるようになってからも、劣等感に苛《さいな》まれていた。優秀な兄弟子の杏崎玄――かの子の祖父に比べると、何もかもが劣っているように思えたのだ。実際、そのころ勤めていた店の主《あるじ》でもある師匠の評価も、玄のほうが高かった。

「技術で言えば、和三郎も玄も遜色《そんしょく》ねえんだけどな。むしろ和三郎のほうが仕事が丁寧だ」

師匠は首を傾げた。大雑把なところのある玄に対して、和三郎は作業が細かい。下準備をしっかりするのも、和三郎のほうだった。

江戸っ子気質《かたぎ》の師匠は、はっきり言う。言葉を濁したりはしなかった。

「だが食ってみると、玄のほうが上だ」

その評価は間違っていない。和三郎が食べても、師匠と同じことを思った。玄の和菓子は美味しかった。

（格が違うねえ）

ため息交じりにそう思った。がんばったけれど、どうしても兄弟子に勝てなかった。何が劣っているのか分からずに負けるということは、きっと、何もかもが劣っているのだと和三郎は思った。

どの道でもそうだろうが、精進すればするほど、絶対に勝てない相手がいると分かるものだ。

和三郎にとって、玄はそんな兄弟子だった。少しでも近づきたいと憧《あこが》れていた。直接、そう言ったこともある。憧れていると伝えたことがあった。すると玄は笑い飛ばした。

「そんなことを気にしてるのか」

「そんなことって……」

どちらの腕が上かは重要なことだと思っていた。師匠や兄弟子を超えることを目標に精進していた。

しかし、玄は首を横に振った。

「上だとか下だとかバカバカしい話だ」

言葉遣いは乱暴だが、その口調は優しかった。弟弟子が相手だからというわけではなく、誰に対しても乱暴だけど優しかった。

「バカバカしい……ですか？」

聞き返すと、大きく頷《うなず》き、和三郎に問いかけてきた。

「ああ、そうだ。上だの下だのを決めるのは誰だ？　師匠か？　どこかのお偉いさんか？　マスコミの連中か？　おめえは、そいつらのために和菓子を作ってんのか？　違うだろ？」

「それは……そうですけど……」

「だろ？」

食い気味に聞き返し、和三郎の返事を待たずに、玄は大切なことを言った。和菓子職人として忘れてはならないことを教えてくれた。

「和菓子を食ってくれる人のために作ってるんだろ？『美味しい』って言ってもらいたくて作ってんだろ？　職人の価値なんて、それだけなんだよ」

○

「また叱られるだろうけど、結局、玄さんには勝てなかったよ」

年老いた和三郎は、病院の個室で独り言を続ける。弟子も取らず、店を持つこともなく死んでしまった兄弟子のことを思う。

その気になれば師匠の店を継ぐこともできたのに、玄は一職人であり続けた。店を持ち、人間国宝級の名人だともてはやされる自分とは反対の人生を送った。杏崎玄の名前を知らない職人も多い。

けれど、和三郎が一端の和菓子職人になれたのは、玄の言葉と出会いがあったからだった。

○

和三郎が店を持ったのは、三十五歳のときだった。師匠に背中を押されるようにして、竹本和菓子店を作った。

「何もかも一人でやってみろ。おめえみたいなやつは、自分の店を持ったほうが伸びると思うぜ」

このとき師匠は八十歳をすぎていて、店を閉めることを決めていた。身体の調子が悪いわけではなかったようだけれど、和菓子作りは重労働だ。八十歳すぎまで作業場に立っていたこと自体、奇跡みたいなものだ。

師匠には、娘が一人いた。常連客や職人仲間から、玄か和三郎を婿に取って、店を継がせるべきだという声もあったようだが、師匠は頷かなかった。縛り付けちゃいけねえ、と言った。この店は終わりだ、それでいいじゃねえかと。

「師匠は分かってるねえ」

玄は感心していた。本来なら店を継がなければならない立場だが、そのつもりはないようだ。

「いや、継ぐんだったら和三郎だろ？」

にやにやしながら言われた。何もかもお見通しのようだ。けれど、和三郎は聞かなかったふりをした。

師匠の後ろ盾もあり、借金をして日本橋に店を作った。師匠の言葉が絶対の世界とはいえ、無茶であることには変わりがない。ときどき玄が手伝ってくれたが、やっぱり客は入らなかった。

「潰《つぶ》れたら潰れたで、いい経験だと思うぜ」

玄は気楽なことを言っていた。腹を立ててもいいところだが、この男が言うと、なぜか納得できた。

（自分にできることをやるだけだ）

そう思えたのは、何人かの常連客がついたからだろう。店を維持できるほどの数ではなかったけれど、毎日のように顔を見せてくれる客がいた。

「昨日の大福、美味《おい》しかったわよ」

「うちのおばあちゃんが、ここの団子を気に入ってね」

「おや、もう水ようかんの季節なんだね。こいつは旨《うま》そうだ」

そんなふうに声をかけてくれる。和三郎の作った和菓子を、美味しいと言ってくれる。

マスコミに取り上げられることがなくても、師匠に褒められなくても、そんな言葉を聞くだけで嬉《うれ》しかった。

和菓子を食ってくれる人のために作ってるんだろ？　『美味しい』って言ってもらいたくて作ってんだろ？　職人の価値なんて、それだけなんだよ。

本当に、そうだった。言う通りだった。師匠が教えたかったのも、この気持ちなのかもしれない。

「玄さんに言われたことの意味が、やっと分かったよ。客に喜んでもらえるのが、一番だってことだろ？」

和三郎は、手伝いに来てくれていた兄弟子にお礼を言った。だが、玄は首を横に振った。

「まだ分かっちゃいねえ」

「え？」

「客に喜んでもらえるのは大切だけど、一番じゃねえな」

その言葉も間違っていなかった。

竹本和菓子店を始めてから、およそ半年が経った。どうにか店を続けてはいるものの、一度も黒字が出ていなかった。

和菓子激戦区の日本橋で簡単に儲《もう》かるとは思っていなかったが、このままでは店を畳まなければならなくなる。手伝いに来ていた玄も、和菓子修業の旅に出てしまい、人手も足りていなかった。

玄が旅に出ると言い出したのは、突然のことだった。しかも、すぐに旅立つというのだ。和三郎は慌て、せめて新しいアルバイトが見つかるまで手伝って欲しいと頼んだのだが、玄は意味の分からないことを言うだけだった。

「おれがいたら邪魔になるだろ？」

そして、さっさと行ってしまった。玄らしいと言えばそれまでだが、店主としては困る。

「まったく、玄さんと来たら」

ため息をついて困り果てていた。

そんなとき、一人の女性が訪ねてきた。

「お久しぶりです。お元気でしたか？」

「お嬢さん……」

和三郎は目を丸くした。竹本和菓子店にやって来たのは、師匠の孫娘の理恵《りえ》だった。大学を出て、店の手伝いをしていた。和三郎が修業していたときから、よく知っている。

理恵の両親はサラリーマンで、和菓子の世界には入らなかった。年老いた師匠を支えていたのは、この若い女性だった。身体が丈夫ではないこともあって、就職をせずに店で働いていた。

子どものころから師匠に和菓子作りを教えられている上に、帳簿をつけることもできた。簿記の資格も持っていて、店にやって来た税務署の職員の相手をしているところを見たこともあった。

「手伝いに来ました」

理恵は朗らかに言った。確かに、誰か手伝いを紹介して欲しいと、師匠に話してあった。しかし、まさか孫娘本人が来るとは思わなかった。

「私では駄目ですか？」

「とんでもない」

和三郎は首を横に振った。師匠仕込みの和菓子を作れる上に、金勘定に強い。帳簿を付けることができて、税務署の対応もできる。しかも、問屋にも顔が利いた。手伝ってもらえるなら、願ったり叶《かな》ったりだ。

「でも……」

躊躇《ためら》ったのは師匠の孫娘を使っていいのかという遠慮だった。師匠は孫娘を大切にしていた。和菓子屋の仕事はハードで、この店は人手が足りない。お客さん扱いはできない。扱《こ》き使うことになるだろう。

「祖父に、手伝ってやれって言われたんです。私も、祖父のお店が閉店してから暇でしたし」

「師匠が……」

胸の奥が熱くなった。ありがたかった。いまでも気に掛けてもらえているのが嬉しかった。何より理恵と再会できたのが嬉しかった。

「それじゃあ、申し訳ありませんが、小豆《あずき》を煮るのを手伝ってもらえますか？」

「はいっ！」

理恵が歯切れよく返事をした。眩《まぶ》しいほどに元気だった。


伝えることのできない思いがある。

伝えてはならないと思っている気持ちがある。和三郎にもあった。優しい思いだけれど、口にしてはならないものがあった。

理恵のことが好きだった。師匠の家で修業を積んでいたころから、彼女の明るさに何度も救われていた。

けれど、理恵は師匠の孫娘だ。出来の悪い弟子である自分が好きになってはならない相手だった。

しかも、十歳も年齢差がある。そうでなくとも、和三郎は老け顔だ。落ち着いて見えるとも言えるが、若い女性に好かれる顔立ちではないと思っていた。同世代の女性にだってモテたことはなかった。

（私に好かれたって迷惑なだけだ）

それくらいのことは分かっていた。

（気づかれてはならない）

　気持ちを口に出してはならない、と自分に言い聞かせてきた。師匠の孫娘として、手伝ってくれる善意の女性として丁寧に扱いはするが、必要なこと以外は話さないようにした。

　口下手なことを言って嫌われたくないという思いもあったし、理恵が手伝ってくれることで助かっていた。

　何より助かったのは、和菓子の味を見てくれることだった。師匠に鍛えられただけあって、理恵の味覚は鋭かった。おかげで、店に並べる前にチェックすることができた。また、作った和菓子を彼女に食べてもらえることが嬉しかった。

「美味しいです」

　そう言ってもらえることが幸せだった。

　商売人としては失格だろうが、いつの間にか、客のためではなく、理恵に喜んでもらいたくて和菓子を作るようになった。

　すると不思議なことが起こった。一度も黒字を出したことのない店に、客が増えた。一時的なものではなく、右肩上がりで増えていった。理恵が手伝うようになって三ヶ月目には、赤字が解消されていた。

「ここの和菓子は優しい味がする」

「温かい気持ちになれるね」

「大切な人に食べて欲しくなる味だね」

そんな声が聞こえてきた。評判が評判を呼び、やがて雑誌で取り上げられるようになり、観光客までが店に来るようになった。同業者も、和三郎の作る和菓子を褒めてくれた。

作る和菓子が変わったわけではない。わずか三ヶ月で和菓子作りの技術も上がりはしないだろう。

繁盛するようになった理由は一つしか思いつかない。理恵のおかげだ。実際、彼女が店に出るようになってから雰囲気が明るくなった。

和三郎は、理恵にお礼を言った。営業時間が終わり、店に誰もいなくなってからのことだ。

「ありがとうございます。お嬢さんのおかげで、店が黒字になりました」

理恵は返事をしなかった。口を閉じて、何秒か黙った後、何かを決心した顔でこんな言葉を発した。

「和三郎さんにお話ししたいことがあります。聞いていただけますか？」

「も……もちろんです」

頷《うなず》きはしたが、嫌な予感しかしなかった。店を辞めると言い出すような事態を想像していた。

しかし、その予想は外れる。

「私と交際していただけませんか？」

「こ……交際？」

「はい。私と恋人になって欲しいんです」

「……え？」

　さぞや、間の抜けた顔をしていたことだろう。そこまで言われても、何の話をされているのか分からなかった。

「嫌ですか？」

「ええと、何がですか？」

　この返事も間が抜けている。意味するところは一つしかないのに、和三郎は聞き返した。

「何がって――」

　一瞬、言いよどみはしたが、理恵は師匠に性格が似ている。白黒をはっきりつけないと気が済まないところがあった。このときも、はっきりと聞いてきた。

「私のことが嫌いですか？」

「まさか。大好きですよ」

　言ってから、

（しまった）

　と、思った。勢いに押されて、隠していた気持ちを言ってしまった。女性に告白したのは初めてのことだ。どうしようもなく恥ずかしかった。顔が熱かった。

　笑われるかと思ったが、理恵は笑わなかった。ふいに顔を赤くし、うつむいてしまった。それから、ポツリと言った。

「よかった」

彼女の目は潤んでいた。和三郎は、鼻の奥がツンと痛くなった。気の利いた言葉を言うこともできず、涙ぐんでいた。

○

「いつ思い返しても、情けない話だねえ」

誰もいない病室で、和三郎は呟《つぶや》いた。誰かに話しかけるように言った。四十年近くも昔の話なのに、昨日のことのようにおぼえていた。

告白だけでなく、プロポーズも彼女のほうからだった。和三郎がやったことと言えば、和菓子を作っただけだ。

考えてみれば、それ以外のことを何もしていない。

何もしていないのに、和三郎は幸せになることができた。

○

あなたのお菓子が大好き。

理恵は、口癖のように言ってくれた。結婚してからも、ずっと和三郎の作った和菓子を褒めてくれた。

彼女に美味《おい》しいと言ってもらいたくて、いろいろな菓子を作った。そのたびに、店の評判がよくなっていった。彼女のために作った和菓子が、一般客にも受けたのだった。

そんなある日、和菓子修業の旅をしていたはずの玄が、ふらりと店を訪ねてきて、和三郎の作った和菓子を食べて言った。

「やっと分かったようだな」

「はい。やっと分かりました」

和三郎は答えた。同じ台詞《せりふ》を半年前に聞いていた。言ったのは理恵の祖父——師匠だった。結婚の挨拶《あいさつ》に行ったとき、和三郎は自分の作った和菓子を持っていった。理恵がそうしろと言ったのだ。

師匠は無言で、その和菓子を食べた。しばらく味わい、お茶を一口啜《すす》ってから、「やっと分かったようだな」と呟いた。そして、和三郎に言った。

「これで安心して、あの世に行ける」

言葉の綾《あや》ではなかった。師匠は、ずっと体調を崩していた。そのくせ病院に行きたがらなかった。

「ちゃんとお医者さんに診てもらって」

理恵が言っても、生返事を繰り返すだけだった。そして、和三郎と理恵が結婚式を挙げた翌月、師匠は眠るように旅立っていった。

そんな悲しい別れはあったけれど、理恵との暮らしは幸せだった。店の売上げも順調に伸びた。

師匠が他界したちょうど一年後、理恵が妊娠した。悪阻《つわり》がひどく苦しかっただろうに、妻は笑みを絶やさなかった。店の手伝いをしたがった。和三郎のそばにいてくれた。

出産予定日が差し迫り、病院に入ることになったときのことだ。理恵がこんなことを言い出した。

「子育てが一段落したら、秩父に行きたいの」

まだ生まれてもいないのに、気の早い話だった。埼玉県秩父市は師匠の生まれた町でもあり、理恵が子ども時代をすごした場所でもあった。

「秩父に行ってどうするんだね」

「和三郎さんと二人でカフェをやりたい。そこで和菓子も出すの」

悪い考えではないと思った。秩父には何度か行ったことがあったが、自然の豊かな美しい町だった。温泉もあって食べ物も美味しい。家族でのんびり暮らすには、いいところだろう。

「日本橋の店はどうしようかねえ」

ここまで大きくした店を閉めるのは躊躇《ためら》いがあった。理恵と一緒に育ててきた店なのだ。

「玄さんに任せればいいのよ」

「なるほど」

和三郎は膝《ひざ》を打った。風来坊だが、和菓子作りの腕は確かだし、見かけによらず金勘定もしっかりしている。また、不思議な人望があるので、アルバイトを雇っても苦労しないだろう。

「じゃあ決まりね」

「そうだね」

玄の意見も聞かずに勝手に決めてしまった。何となく、引き受けてくれるような気がしたのだ。

カフェをやって成功するかは分からない。だが、理恵がいれば大失敗することはないだろうし、和菓子を作り続けることができるのも嬉《うれ》しい。そう伝えると、妻は微笑み、それから、子どものようにねだった。

「お店でパフェを出したいの。和三郎さん、お客さんがたくさん来る和パフェを作って」

「ああ、やってみるよ」

今までも洋菓子は作っていた。アイスクリームも作ったことがある。パフェくらい簡単に作れると思った。

早速、小豆《あずき》あんを使って、シンプルな和パフェを完成させた。しかし、彼女の反応はよくなかった。

「イマイチね」

自分でもそう思っていたので、和三郎は頷いた。

「中々、難しいものだね」

その後も試行錯誤を重ねたが、結局、合格はもらえなかった。どうすれば美味しいパフェを作れるか分からず、思わず弱音を吐いた。

「私一人では無理みたいだねえ」

すると、理恵が真面目な顔で聞き返してきた。

「二人ならできるかしら？」

「手伝ってくれるのかい？」

「うん。最初からそのつもりよ」

「それは心強い」

和三郎が言うと、理恵は笑った。世界で一番美しい笑顔だった。その笑顔を守りたかった。

けれど結局、守ることはできなかった。一緒に和パフェを作る日も来なかった。和三郎のパフェは完成しないままだ。

○

医学が進歩しようと、出産が大仕事であることに変わりはない。身体に負担もかかる。本人の明るさで忘れてしまいそうになることもあったが、理恵は生まれつき身体が弱かった。普通の暮らしはできるけれど、心臓に病気を抱えていた。大学を出た後、就職せずに祖父の手伝いをしていたのは、そのせいもあった。

子どもができたとき、医者は厳しい顔をした。母体に影響が出るかもしれない、と言われていた。

産まない選択肢もあったが、理恵はそれを選ばなかった。心配する和三郎に、きっぱりと言った。

「お母さんになりたいの。この子の母親になりたい。きっと大丈夫だから、子どもを産ませて」

だが大丈夫ではなかった。母親になりたいという願いは叶《かな》ったが、大丈夫ではなかった。新を産んだ数週間後に、死んでしまった。一緒に秩父でカフェをやるという夢も叶えずに、あの世に行ってしまった。和三郎を置いて一人で行ってしまった。

○

妻の死を悲しまなかったわけではないけれど、死んでしまった実感がないのも事実だった。理恵の死を受け入れられずにいるのかもしれない。

「いまだに帰ってきそうな気がしてねえ」

おのれの寿命が少なくなった今でも、そう思うときがある。病室の扉を叩《たた》いて、現れそうな気がする。

「帰ってくるのを待っているんだろうね」

自分のことなのに、他人事《ひとごと》のように言った。こんなふうだから、秩父で店をやるという夢が叶わなかったのだ。

気づいたときには、老人になっていた。ぐずぐずしているうちに病気が見つかり、余命わずかだと言われた。

できることなら新やかの子、他の友人に言わずにいたかった。もうすぐ死ぬと知られたくなかった。だから古い友人の経営する病院で検査を受けて、その結果も内緒にしていた。

「みんな、泣き虫だからね」

泣いている顔より、笑っている顔を見たかった。けれど、倒れてしまった。入院が決まった。

生きて病院から出ることはできないのかもしれない。いずれにせよ、もう秩父に行くことはできないだろう。

「すまないねえ。秩父でカフェをやるという夢は叶えられそうにないよ」

死んでしまった妻に謝った。すると、理恵がどこかで返事をした。

夢の叶わない人生もいいと思うの。
だって、死ぬまで夢を追いかけていられるんだから。

もちろん空耳だろうが、和三郎には、はっきりそう聞こえた。余命宣告を受けてから、妻の存在をいっそう身近に感じるようになっていた。せっかちで気の早い彼女のことだから、もう迎えに来ているのかもしれない。

理恵は三十歳になる前に死んでいる。今の新より若い年齢だ。童顔だったこともあり、七十歳をすぎた自分と並ぶと、祖父と孫のように見えることだろう。

年老いたことを恥ずかしいとは思わない。ただ、若いまま歳を取ることのない妻に謝りはした。

「じじいになってしまったが、一生懸命に生きてきた。白髪もシミも、その証《あかし》だ。だから嫌わないでおくれよ」

嫌うわけないでしょう。
それに、あの世では年の差なんて関係ないから。

また、妻の声が聞こえた。若いころは死ぬことが怖かったが、あの世はそんなに悪い場所ではないのかもしれない。

「おまえや師匠、玄さんもいるからね」

この世にいるよりも、あの世に行ったほうが知り合いが多いくらいだった。一人息子の新のことは気になるけれど、もう三十歳だ。至らぬところが多いにしても、親が気を揉《も》む年齢ではない。

本当は、かの子と一緒になって欲しかったが、そうなる確率は低そうだ。

「人を好きになっても、思いが通じるとはかぎらないからね。あの子は、報われない恋をしているよ」

そっと妻に報告した。残念だとは思ったけれど、新をかわいそうだとは思わなかった。

「誰かを好きになるのは幸せなことだよ。報われなくても、恋は恋だからねえ」

呟《つぶや》いた声は小さかった。独り言を言うたびに、その声が小さくなっていることに和三郎は気づかない。

やがて、足音が聞こえてきた。若者たちの足音だろう。この病室に向かってきている。

「私の代わりに、和パフェを作ってきてくれたのかもしれないね」

急に瞼《まぶた》が重くなった。目を開けていられなくなって、瞼を下ろした。そこには、永遠とも思える深い暗闇があった。その暗闇は暖かく、死んでしまった妻のにおいがした。

和三郎の呼吸が、静かになった……。

ネオ和菓子

ネオ和菓子と呼ばれる和洋折衷スタイル、あるいは映えるビジュアルの和菓子を販売する店が増えている。東京の虎屋はあんペーストなど、洋に振った商品を次々と開発し、若い世代が入りやすい「トラヤあんスタンド」を展開している。

（中略）

イチゴ大福の登場が１９８０年代。ブルボンがチーズおかきを発売したのも１９８４年。洋菓子がすっかり定着したその頃から始まった、和菓子の洋風化。本格的に変化し始めたのはここ数年とはいえ、やがて定着するネオ和菓子もたくさんあるだろう。

「紀の国屋が廃業『和菓子離れ』加速する5つの理由」

東洋経済 ONLINE

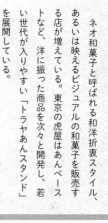

何が起きようと、時計の針は止まらない。時間は流れていく。人間の気持ちを置き去りにして暦は進む。季節は変わる。生きているものは年齢を重ねていく。

かの子がいなくなってから、二度目の春がやって来た。

朔は御堂神社の鎮守を続けているが、もう、かのこ庵はなかった。店は取り壊され、もとの竹藪《たけやぶ》になっている。賑《にぎ》やかに暮らした日々は、いつの間にか、過去のものとなっていた。

いろいろなことが起こり、忘れてしまったことも多いけれど、二年前——かの子と一緒に和三郎の見舞いに行ったときのことは、はっきりとおぼえている。

○

和三郎は治療ではなく、痛みや苦しみを和らげる措置を受けていた。治すことはできないと医者に言われていたのだ。手術をすることさえできず、最期の瞬間を待っているようなときを送っていた。

医者が何と言おうと、大丈夫だと信じています。手術ができなかろうと、父は治ると思っていますから。

竹本新は言った。強がりだろうと、そう言えるだけの強さを持っている。病気の父親を支えることができる。

だが、誰もが強いわけではない。治ると信じ切れるものではない。かの子も、大丈夫だと信じようとした。新と力を合わせて和パフェを作り、和三郎の見舞いに行こうとした。


「和三郎さんが死んじゃう……」


レナに教えられた三日後、作ったばかりの和パフェを持って、朔とかの子、そして新の三人は病院を訪れた。敷地に入った瞬間から、かの子の顔は強張《こわば》っていた。がんばらなければいけない。しっかりしなければいけない。そう自分に言い聞かせているのだろう。

身内が入院すると、様々な手続きがある。支払も多い。新は、会計窓口に寄らなければならなかった。窓口は混雑していた。順番待ちの列ができていた。その様子を見て、朔とかの子に言った。

「少し時間がかかるようなので、先に行っていただけますか？」

病室に二人で行けということのようだ。和三郎は、見舞いの多くを断っていた。だから一人でいるはずだ、とも言った。

「は……はい」

かの子は、蚊の鳴くような声で答えた。新を待っていると言わなかったのは、クーラーボックスに入れてきたとはいえ、和パフェが心配だったからだろう。医者の許可を得ているとはいえ、病院に冷たい和パフェを持ってくること自体、無茶だったのかもしれない。

新も同じようなことを考えたらしく、付け加えるように言った。

「私を待たずに、父に見せてやってください。きっと喜びますから」

それくらい会計窓口は混んでいた。新が言うには、三十分以上かかることも珍しくないようだ。

溶けてしまっては、せっかくの和パフェが台なしだ。空調が効いてはいるが、夏の盛りのことである。

「分かりました」

ふたたび小さな声で返事をし、和三郎の病室の場所を確認してから、和三郎の病室に向かった。七階だった。エレベーターを使った。

そのフロアの廊下には、誰もいなかった。時間帯のせいなのか、そういう病棟なのかは分からないが、とにかく静かだった。

場所を確かめながら廊下を進んだ。朔とかの子の足音が、うるさいほどに響いている。

二人とも何も話さなかった。

やがて辿《たど》り着いた。病室のドアには、名前の書かれたプレートが掛かっていて、和三郎の部屋は一目で分かった。

――竹本和三郎。

印刷された文字が、やけに冷たく見えた。

そのドアの前で、かの子が立ち止まった。目から涙があふれかけていた。それから、こらえていたものを吐き出すように呟いた。

「……私には無理です。新さんのように強くなれない」

朔は返事ができなかった。かの子の気持ちが分かったからだ。誰もが悲しみに耐えられるわけではない。無理をして壊れてしまう人間もいる。朔の母親がそうだった。

母は普通の家庭に生まれた、普通の女だった。妖《あやかし》や幽霊が現れるたびに怯《おび》えていた。御堂神社に嫁に来たこと自体が間違いだった。必死に耐えていたが、結局、壊れかけて海外に行ってしまった。

他人のことを考えるあまり、自分の感情を二の次にする人間がいる。周囲に心配をかけまいと、無理に笑ったり、がんばって見せたりする。自分の心が壊れかけていても、前に進もうとする。

かの子は前向きで、いつだってがんばろうとする。いつだって自分の気持ちを押し殺そうとする。ここで朔が励ませば、無理をして――身体を引き摺《ず》ってでも病室に行くだろう。

「今日のところは帰ろう」

朔は言った。もう、無理はさせたくなかった。自分の気持ちを犠牲にする必要はない。前に進むだけが人生ではない。がんばらなくていい。ときには逃げ出すことも必要だ。

そう言ってやろうと思ったとき、異変が起こった。急に騒がしくなり、看護師が走ってきたのだった。朔とかの子を一瞥《いちべつ》もせず、和三郎の病室に慌ただしく入っていった。最後の瞬間が訪れようとしているのだと、朔には分かった。和三郎の命が尽きようとしている。

余命宣告は、常に正しいわけではない。人の寿命は、思いも寄らないときに尽きることがあるものだ。

そう。

人生は、思い通りにはならない。

好きなときに死ねるものではない。

○

かの子は、かのこ庵の店主を辞めて、御堂神社から離れていった。建物を取り壊し、更地に戻した。すべては、彼女が望んだことだった。

「店長なんて無理でした」

朔に言った。店を返したことで、借金は帳消しになった。彼女を縛り付けるものは、もう存在しない。

「今までありがとうございました」

別れの挨拶《あいさつ》だった。他にも、いろいろなことを話したが、とにかく、かの子は行ってしまった。くろまるとしぐれもいない。天丸と地丸もいない。両親も外国に行ったまま、まだ帰って来ない。

結局、独りぼっちだった。独りぼっちで神社を守っていた。誰もいない神社で暮らしている。相変わらず笑うことはできない。一人でいるのだから、笑うきっかけもなかった。

ときどき、木守や人間の参拝客が顔を見せるが、たいていは朔一人ですごした。かの子のことを思うときも多かった。

彼女はどうしているだろう。どうか幸せでいて欲しいと願った。自分の分まで幸せでいて欲しかった。

時間はゆっくりと流れていき、かの子のいない春が終わった。夏が訪れ、お盆の時期になった。

その夜、朔は自分の部屋で古い書物を読んでいた。すると、ふいに物音が聞こえた。何かを擦《こす》るような音だった。

「……何の音だ？」

不審に思い、窓の外に目をやった。小さな炎が見えた。妖――例えば、火の玉や狐火ではない。何かを燃やしている炎だ。

「火事？」

それにしては、炎が小さい。物騒な気配もなかった。違うような気がしたが、火が付いていることは確かだ。

勝手に燃えるはずがない以上、どこぞの不届き者が火を付けたということになる。放っておくわけにはいかないだろう。

「様子を見てくるか」

朔は立ち上がり、御堂神社の境内に向かった。


予想通り、不届き者はいた。それもひとりではなかった。境内の片隅に、不届き者たちの集団がいた。

小さな炎を囲むように集まっていて、キャンプファイヤーでもしているかのように、わいわいと騒いでいる。

「……何の真似だ？」

歩み寄りながら問いかけると、不届き者たちがようやく朔に気づき、慌てた様子で一斉に答えた。

「何もしていませんわっ！」

「冤罪《えんざい》でございますぞっ！」

「わんっ！」

「わんっ！」

しぐれ、くろまる、天丸、地丸であった。何をしているのか聞いただけなのに、やましいところがあるのか、全員が必死に首を横に振っている。それから、わざとらしい笑顔になった。

「久しぶりですわね！」

「若、お元気そうでございますな！」

「わんっ！」

「わんっ！」

しぐれはそのままだが、他のさんにんについては成仏したときの姿ではなく、神社で暮らしていたころの外見――黒猫と大きな白と黒の犬に戻っている。

いろいろ聞きたいことはあるが、まずは目の前の炎だ。朔は挨拶を無視して、言葉を重ねた。

「何もしてない？　冤罪？　ならば、この火はなんだ？　神社に放火するつもりか？」

ふたたび、よにんが一斉に声を上げる。

「物騒なことを言ってはなりませんぞ！」

「放火なんて、人のやることではありませんわ！」

「わんっ！」

「わんっ！」

相変わらず騒がしい。二年も会っていなかったせいもあってか、いっそう賑《にぎ》やかに感じる。

「おまえらは人ではないだろう」

突き放すように指摘し、改めて問い詰めた。

「もう一度聞く。この火はなんだ？」

すると、くろまるとしぐれが胸を張った。

「迎え火でございますぞ！」

「その通りですわ！」

迎え火というのは、精霊《しょうりょう》、つまり祖霊を迎えるために焚《た》く火のことだ。門前で麻幹《おがら》（皮をはいだ麻の茎）を焚くのが一般的で、精霊はそれに乗って帰ってくると言われている。

この連中に会えるのは嬉《うれ》しいが、迎え火を焚いているのは意味が分からない。あの世にいたのだから、精霊であることに間違いはないのだが。

「自分たちのために焚いたと言うのか？」

すでに帰ってきているのだから、迎え火は不要だ。だいたい精霊が自分で迎え火を焚くなどと言う話は聞いたことがない。

「常識にとらわれてはなりませぬぞ！」

「そうですわ！　朔は頭が固すぎますわよ！」

もう少し常識にとらわれて欲しい黒猫の妖と、頭が柔らかすぎる守銭奴幽霊が主張した。

どう突っ込んでやろうかと考えていると、不届き者たちが朔に教えてくれた。

「帰ってくるのは、我たちだけではありませんぞ！」

「秩父から帰ってくるそうよ！」

「わんっ！」

「わんっ！」

◯

「不思議なものだねえ」

竹本和菓子店の庭先で、和三郎は呟《つぶや》いた。車椅子に乗り、膝《ひざ》に白猫のレナを載せている。目の前では、新が迎え火を焚いている。

「家に帰ってこられるとは思わなかったよ」

本音だった。余命一年と宣告されたのに、二年経っても生きていた。もちろん、病気が治ったわけではない。歩くどころか、立ち上がることさえもできなくなってしまった。けれど生きている。一時的なこととはいえ、退院して家に帰ることもできた。こうして、息子とお盆を迎えることができる。

「それほど珍しい話ではないでしょう」

新が返事をした。言葉だけ聞くと素っ気ないが、誰よりも心配してくれた。ずっと支えてくれている。

余命一年と言われて、五年も六年も生きることはあるようだ。十年以上も生きた例もあるとも聞いた。歳を取ると、病気の進行も遅くなる。

「余命宣告が常に正しいわけではないんです。医者が人間の寿命を決めているわけではないですから」

和三郎の担当医は言っていた。言い訳とも思える台詞《せりふ》だが、和三郎には本音のように聞こえた。

「みゃあ」

「大丈夫だと思っていましたから」

レナが合いの手を入れるように鳴き、新がまた言った。和三郎が死なないと、信じてくれていたのだ。その気持ちは嬉しいけれど、しかし、やっぱり不思議なことだった。

二年前、妻のことを思いながら気を失った。永遠とも思える深い暗闇に落ちていった。そのくせ、その後のことをおぼえていた。気を失っていたはずなのに記憶にあった。

今でも、はっきりと思い出すことができる。

◯

川のせせらぎが聞こえた。ただ、その音は静かで、和三郎の知っているせせらぎとは何かが違っていた。上手《うま》く説明できないが、何かが違う。しかも深い暗闇の中にいた。周囲の景色は何も見えない。

「死んでしまったようだねえ」

和三郎は呟いた。誰に教えられたわけでもないのに、そう分かった。自分の寿命が終わったのだと分かった。

身体が軽かった。薬を飲んでいないのに、痛みも苦しさもない。夢のようでもあるが、意識はしっかりしていた。そのすべてが死んでしまった証拠のように思えた。

「すると、このせせらぎは三途《さんず》の川のものかねえ」

独り言を呟いた瞬間、川が現れた。荒寥《こうりょう》としていて、川岸を見ても草木が一本も生えていない。

「この川を渡るんだね」

誰に問うわけでもなく聞いた。おぼろげではあるが、三途の川についての知識もあった。

三瀬《みつせ》川、葬頭河《そうずか》とも呼ばれる。死後、初七日の日に渡るとされている川のことだ。山《さん》水瀬《すいらい》、江深淵《こうしんえん》、有橋渡《うきょうと》の三つの瀬があり、現世で犯した罪の軽重によって渡る場所が決まると言われている。

しかし、迎えも地獄の鬼もいなかった。あの世に行くことに文句はないが、これでは、どうしていいのか分からない。

「私はどこを渡るのかねえ」

悪事を働いた記憶はないが、自分では罪の重さは分からない。勝手に決めていいものではないだろう。

首を捻《ひね》っていると、急に声が聞こえた。

〝まだ来ちゃ駄目よ〟

「この声は――」

くぐもってはいたけれど、間違いなく死んでしまった妻の声だ。ずっと会いたかった理恵の声が聞こえた。

迎えに来てくれたと思いたいところだが、姿も見せてくれないし、明らかに拒まれていた。肩を竦《すく》めて言葉を返す。

「来ちゃ駄目と言われても、もう死んでしまったんだよ」

すると今度は、妻ではないものの声が返事をした。

〝まだ死んでおりませぬぞ！〟

〝ここから引き返せば、間に合いますわ！〟

〝わんっ！〟

〝わんっ！〟

聞いたことのない上に、犬の鳴き声が交じっている。言っていることの意味も分からなかった。自分は死んだのではなかったのか？

〝だから、死んでいませんわ！〟

〝現世に戻ってくだされ〟

「現世に戻れって言われてもねえ」

気が進まなかった。平気な顔をしていたが、治療は辛《つら》かった。病気は苦しかった。そうでなくても、生きていくのは大変だ。このまま、妻のところに行きたいと思った。あの世で平穏に暮らしたかった。

だが、その願いは叶《かな》えてもらえなかった。それどころか罵《ののし》られた。

〝泣き言を言ってねえで、とっとと帰《けえ》りやがれっ!!〟

乱暴な声だった。自分にこんな口を利く男は、この世にもあの世にも一人しかいない。

妻と同じようにくぐもってはいるけれど、和三郎の兄弟子——かの子の祖父の声だった。

「玄さんだろ？　玄さんも、わたしを迎えに来てくれたのかい？」

和三郎は声を上げた。久しぶりに妻や兄弟子の声を聞いて、気持ちが弾んだ。

〝他人《ひと》の話を聞かねえやつだな〟

呆《あき》れたように言われた。死んでしまった玄に呆れられる日が来るとは思わなかった。

和三郎は応じた。

「ちゃんと聞いているさ。でも、もう十分生きたと思っているだけだよ。そっちでのんびりしちゃ駄目かね」

〝あなたは、まだ死ねないのよ。やることが残っているわ。迎えに来たわけじゃないの〟

「やること？」

思い浮かんだのは、和パフェだった。確かに、秩父で店をやるのが夢だった。だが、和三郎は納得できない。姿を見せてくれない妻に聞き返した。

「夢の叶わない人生もいいって言わなかったかい？」

〝叶えようとしてくれている人がいるのよ〟

そんな言葉が戻ってきた。誰のことを言っているのかは、聞かなくても分かる。新とかの子だ。

もっと妻と話したかったが、無駄に元気な声が割り込んできた。

〝時間がありませんぞ！〟

〝急がないと帰れなくなってしまいますわ！〟

――帰れなくてなってもいい。

そう言葉を返そうとしたが、この無駄に元気な見知らぬ声の連中こそ、こっちの話を聞いていなかった。

〝天丸、地丸。和三郎さんを現世に戻してくださいな〟
〝頼みますぞ！〟
〝わんっ！〟
〝わんっ！〟

その後のことは、よくおぼえていない。もふもふとした大きな犬の背中に乗せられた気もするが、定かではなかった。

次に気づいたときには、病院のベッドに横たわっていた。和三郎は、一命を取り留めたのだった。

「あれは、いったい何だったんだろうねえ」

何度も首を傾げた。夢を見たのだろうが、妻や玄はともかく、残りの連中が誰だか分からない。自分のことを知っているような口振りだったけれど、まるで心当たりがなかった。夢に理屈を求めるほうがどうかしているのかもしれないが。

○

目覚めてしばらくすると、新やかの子がやって来た。目に涙を溜《た》めていた。自分のことを心配してくれたようだ。

「よかった……」

「ぼくは、信じていましたから。大丈夫だって信じていましたから」

かの子と新が口々に言った。医者に「とりあえず大丈夫です」と言われたようだ。よく分からないが、すぐに死ぬことはないらしい。

少し落ち着いてから、新が言った。

「お父さんのために和パフェを作ったんです」

和三郎が、三途の川を渡りかけたときにも持ってきてくれていたようだ。そのときは、和パフェを食べるどころではなかった。持ってきてくれた和パフェは、溶けて捨てられたという。

「もったいないことをしたね」

「まったくです」

新が真顔で言った。自分の息子なので冗談を言っていると分かるが、他人の目には、嫌なやつに映ることだろう。

「新しく作り直してきました」

かの子がそう言って、クーラーボックスから小さな箱を取り出した。わざわざ商品のように包装してきたようだ。しかし。

「一つしかないようだが」

　そう指摘すると、新が真面目な顔で頷《うなず》いた。

「私も杏崎さんも半人前ですから、二人で一つの和パフェを作りました」

「なるほど」

　相づちを打った。分かったような、分からないような理屈だと思った。だが、あまりいい考えでないのは事実だ。

　二人で力を合わせても、上等な菓子を作れるとはかぎらない。長所を打ち消し合い、欠点が二倍になることもあった。

　ましてや半人前同士が協力しても、味やコンセプトがぼやけるだけだ。統一感がなくなってしまう。

（それくらいのことは分かっているだろうに）

　新の顔を見た。眼鏡が光っているだけで、ずっと真面目な顔をしている。自分の息子ながら何を考えているのか分からない。その表情のまま言葉を続けた。

「御堂神社の朔さんにも手伝っていただきました」

　かの子の思い人だ。和菓子に詳しく、敏感な舌を持っているという。和三郎のために──この和パフェを作るために力を借りたのだ。

「ほう。それは楽しみだねえ」

　和三郎が言うと、かの子が心配そうな顔で言った。

「無理しないでくださいね」

「大丈夫だよ。たくさんは食べられそうにないけど、ちょっと味を見るくらいなら平気だからね」

安心させたくて、そう答えた。医者に止められていないのは事実だが、本当に大丈夫なのかは分からない。死ななかったとはいえ、重い病気にかかっているのに変わりはないのだから。

〝あなたは、まだ死ねないのよ。やることが残っているわ。迎えに来たわけじゃないの〟

三途の川の手前で聞いた妻の声がよみがえった。この和パフェの味を見るのも、そのやることの一つだろう。

「まずは箱を開けて見せておくれ」

見た目のチェックから始めるべきだろう。和三郎が和パフェを作ったとき、新に駄目だしされた。

――地味すぎます。

もっともな意見だった。どんなに味がよかろうと、手が伸びない盛り付けは商品として成立していない。和菓子にかぎらず、スイーツは目で楽しむものだ。

「はい」

かの子が箱を開けてくれた。若者たちの作った和パフェが見えた。和三郎は、それをじっくりと見た。

「……これは面白い」

遺言代わりに厳しいことを言うつもりだったのに、頬が緩んでしまった。賑《にぎ》やかで面白いものだった。

「可愛らしいね」

かの子と新が作った和パフェには、小さな和菓子がたくさん載っていた。大福、カステラ、和マカロン、草餅《くさもち》、あこや、うばたま、木守、甘酒の寒天寄せ、さつまいものきんつば……。

すべての和菓子がミニチュアで可愛らしく、和三郎でさえも写真を撮りたくなる出来映えだった。SNSをやったことはないが、きっと受けるだろう。若い女性だけでなく、子どもにも人気がでそうだ。

「統一感は、まったくありません」

新が断言した。どちらかに合わせることなく、二人がおのおの和菓子を作ったのだと説明を加えた。

「なるほどねえ。味覚は人それぞれで、正解なんてないんだから、誰かに合わせる必要はないのかもしれないね」

厳しい意見を言うつもりが納得してしまった。多様性の世の中だ。こんな和パフェがあってもいいのかもしれない。

「でも、これは完成品ではありません。私も杏崎さんも、まだまだ新しい和菓子を作ります。そのたびに、この和パフェも変わっていきます」

「それは楽しみだ」

和三郎は心の底から言った。和菓子職人としての将来も楽しみだ。自分や玄とはまるで似ていないが、進むべき道を進んでいるように思えた。

○

「秩父店のほうの調子はどうだね？」

迎え火を見ながら、和三郎は新に聞いた。和三郎が一命を取り留めた後、竹本和菓子店直営のカフェ——『カフェ和三郎』を秩父に出店していた。新が決めたことだった。ベテランの職人を雇い、その店を任せていた。

「最初は苦戦していましたが、和パフェが人気メニューになったようです。少しずつ売上げが伸びています」

新が答えた。雇ったのは、ベテランの職人だけではなかった。信用できる若手職人を雇っていた。和パフェは彼女の仕事だ。

「去年は仕事が忙しく、東京に戻ってきませんでしたが、今年は顔を見せるはずです。お父さんに会いたがっていましたから」

「それは嬉《うれ》しいねえ」

和三郎が目を細めると、レナが「なー」と小さく鳴いた。その女性のことがあまり好きではないらしく、彼女の話をするたびに抗議するように鳴く。背中の毛を逆立てて、怒りだしたときもあった。

「まあ、最初に行くのは御堂神社でしょうけどね」

新が言い、レナがまた鳴いた。

「なー……」

今度の鳴き声は、新を慰めるようだった。

エピローグ

伝えたい思い

朔は、笑うことができなかった。

両親と悲しい別れをしたせいだ。何も悪いことをしていないのに、独りぼっちで暮らすことになった。

そのときのことは、はっきりとおぼえている。

「一人で大丈夫だよ」

朔は、父に嘘をついた。

「ぼくは、鎮守だから寂しくないんだ。寂しいなんて思ったこともないし」

母にも嘘をついた。

こうして、両親と離れて暮らすことになった。この日から、朔は笑っていない。笑うことができなくなってしまった。

笑うことのできない自分は、人として欠けているのだと思っていた。前を向くことができなかった。

かの子と出会い、楽しい時間を送ったが、やっぱり笑えないままだった。こんな自分は、かの子に相応《ふさわ》しくないと思いもした。

「店長なんて無理でした」

あのとき、かの子は言った。そして、秩父にできるカフェ和三郎で修業をするつもりだと続けた。

さよならを告げられたんだと思った。かの子も行ってしまうんだと思った。笑えない自分は、他人を不快にさせる。だから離れていくんだと思った。

最後くらい笑おう。

無理やりでもいいから笑顔で、さよならを言いたかった。かの子と一緒にいられて楽しかったと伝えたかった。

だけど、笑顔を作れなかった。どうしても笑うことができない。自分は、どこまでも駄目だと失望した。

すると、かの子のほうが笑顔になった。そして、朔にお礼を言った。

「ありがとうございました」

「礼を言われるようなことは何もしてない」

そう返したのは本心だ。しかも無表情で突き放すように言ってしまった。また、かの子を傷つけてしまう。悲しい顔をさせてしまう。

しかし、かの子の顔は笑ったままだった。強張《こわば》っていない、自然な笑顔だ。

「たくさんしてもらいました。和三郎さんのお見舞いに行ったときも、無理をしなくてもいいんだって言ってくれました」

その言葉が嬉しかったと、かの子は続けた。

「がんばらなくちゃいけないと思って、ずっと生きてきました。親がいないから、祖父も死んじゃったから、何とかしなくちゃいけないって。自分一人で生きていかなきゃいけないって」

朔の脳裏に、初めて会ったときのかの子の姿が思い浮かんだ。行き場を失い、独りぼっちだった。それでも前を向いて歩いていた。けれど辛《つら》くなかったわけがない。無理をして歩いていたのだ。

「朔さんに会って、いろいろ助けてもらって、自然に——肩の力を抜いて生きていけるようになりました」

確かに、かの子は変わった。伝統的な和菓子しか認めなかったのに、楽しそうにコンビニスイーツまで食べる余裕が生まれた。

「否定からは何も生まれないって分かったんです。無理をしても、いずれ限界が来るって分かったんです」

その通りなのかもしれない。朔は黙って、かの子の話を聞いた。

「それで考えたんです。やっぱり、店長は無理なんだって。まだ無理なんだって気づいたんです」

そう思っていたところへ、カフェ和三郎の話が舞い込んできた。経験豊富な職人の下で働くことができる。給料も待遇も悪くなかった。

「そこで働こうと思っています」

「そうか」

朔は頷《うなず》いた。引き留める理由はなかった。立派な和菓子職人になるというかの子の希望を叶《かな》えるためには、かのこ庵にいるよりも、カフェ和三郎に行ったほうがいいだろう。だけど。

――もう帰って来ないのか？

そんなふうに聞きたかった。行かないで欲しいと言いたかった。だが、言えない。かの子の足を引っ張るような真似はできない。彼女のことを思っているからこそ言えない言葉がある。

「そうか」

バカみたいに繰り返した。笑うことも泣くこともできない顔で頷いた。

「これでお別れだな」

「はい」

はっきりと頷いた。朔と別れることを決心しているのだ。言葉を失っていると、かの子が聞いてきた。

「もう一つだけ、お話ししておきたいことがあります。……お話ししても大丈夫でしょうか？」

「もちろんだ」

何を言われるか想像もできないまま、朔は小さく頷いた。すると、沈黙があった。何秒かの沈黙の後、かの子は言った。頬を赤らめながら、予想もしなかった言葉を口にした。

「朔さんのことが大好きです。戻ってきたら、私とデートしてください」

「……デート？」

生まれて初めて聞いた言葉のように問い返した。かの子の頬が、いっそう赤くなった。

「は……はい。好きな人と遊びに行きたいんです。駄目ですか？」

「いや、駄目じゃない。だが、おれは笑うことができない。こんな男と一緒にいても退屈だろう？」

問うと、かの子が首を横に振った。

「退屈じゃありません。笑うことができなくても、朔さんは朔さんです。無理をして笑えるようにならなくてもいい。そう思えるようになったんです」

祖父みたいな職人になって、みんなが笑顔になる和菓子を作ること。

かの子の夢だった。ずっと、そんな職人になりたかった。

しかし、かのこ庵で働くうちに、無理をしなければ笑顔になれない人間もいることを知った。

人それぞれの感情があって、人それぞれの価値観があるのだと知った。とてつもなく悲しい出来事に出会い、笑うことのできなくなった人間に、笑顔を強要するのは間違っている。笑えなければ駄目だと思うことは間違っている。

「自分の気持ちに素直なのが、一番だと思うんです。笑いたくなければ笑わなければいいし、泣きたいときには泣けばいいんです」

かの子の言葉が胸に染みた。何も言えない朔に、彼女はさらに言った。

「だから、私も素直になります。朔さんのことが大好きです。いつか、一緒に町を歩いてください」

「……この町に帰ってくるのか？」

「はい」

かの子は頷き、こんな台詞《せりふ》を言った。

「朔さんやくろまる、しぐれ、天丸、地丸たちと過ごした思い出があれば、どこに行っても生きていけます。でも、ここに戻ってきます。この町が好きだから。朔さんのことが大好きだから戻ってきます」

◯

迎え火を焚《た》き終えると、江戸時代の茶屋を思わせる長方形の腰掛け——木製の縁台を引っ張りだし、鮮やかな色の緋毛氈《ひもうせん》を敷いた。それから、朱色の野点傘《のだて》を立て、かつてのかのこ庵の店前と同じようにした。

やがて足音が聞こえてきた。御堂神社に向かって歩いてきている。

「姫でございますぞ！」

「やっと帰ってきたわね！」

「わんっ！」

「わんっ！」

くろまるたちが騒いだが、迎えに飛び出そうとはしなかった。その代わり、朔の顔を見た。

言葉にしなくても、言いたいことは分かる。この連中が望んでいることは、朔自身が望んでいることでもあった。

「迎えに行ってくる」

穏やかな声で言ってから、足音の聞こえるほうに歩き始めた。笑うことのできない無愛想な顔のまま、かの子を出迎えよう。そして、あのとき、ちゃんと言えなかった気持ちを伝えよう。

あなたのことが大好きです、と。

かの子を愛しています、と。

参考文献

『やさしく作れる本格和菓子』清真知子　世界文化社
『ときめく和菓子図鑑』文・高橋マキ／写真・内藤貞保　山と溪谷社
『季節をつくるわたしの和菓子帳』金塚晴子　東京書籍
『図説　和菓子の歴史』青木直己　ちくま学芸文庫
『事典　和菓子の世界　増補改訂版』中山圭子　岩波書店
『美しい和菓子の図鑑』監修・青木直己　二見書房
『和菓子を愛した人たち』編著・虎屋文庫　山川出版社
『日本のたしなみ帖　和菓子』編著・『現代用語の基礎知識』編集部　自由国民社
『一日一菓』木村宗慎　新潮社
『和菓子のひみつ　楽しみ方・味わい方がわかる本　ニッポンの菓子文化超入門』「江戸楽」編集部　メイツ出版
『花のことば辞典　四季を愉しむ』監修・倉嶋厚／編著・宇田川眞人　講談社学術文庫
『和菓子　ＷＡＧＡＳＨＩ　ジャパノロジー・コレクション』藪光生　角川ソフィア文庫
『図説　江戸料理事典　新装版』松下幸子　柏書房
https://news.yahoo.co.jp/byline/sasakirie/20211227-00274299 YAHOO! ニュース（２０２１年12月27日掲載）
https://toyokeizai.net/articles/-/590559 東洋経済 ONLINE（２０２２年５月20日掲載）
http://www.hinodero.com/ 日の出楼ホームページ

本書は書き下ろしです。
この作品はフィクションです。実在の人物、団体等とは
一切関係ありません。

あやかし和《わ》菓《が》子《し》処《どころ》かのこ庵《あん》

和《わ》パフェと果《は》たせなかった約束《やくそく》

高橋《たかはし》由《ゆ》太《た》

令和5年 2月25日 初版発行

発行者●山下直久

発行●株式会社KADOKAWA
〒102-8177 東京都千代田区富士見2-13-3
電話 0570-002-301（ナビダイヤル）

角川文庫 23553

印刷所●株式会社暁印刷
製本所●本間製本株式会社

表紙画●和田三造

◎本書の無断複製（コピー、スキャン、デジタル化等）並びに無断複製物の譲渡および配信は、著作権法上での例外を除き禁じられています。また、本書を代行業者等の第三者に依頼して複製する行為は、たとえ個人や家庭内での利用であっても一切認められておりません。
◎定価はカバーに表示してあります。

●お問い合わせ
https://www.kadokawa.co.jp/ （「お問い合わせ」へお進みください）
※内容によっては、お答えできない場合があります。
※サポートは日本国内のみとさせていただきます。
※Japanese text only

©Yuta Takahashi 2023 Printed in Japan
ISBN 978-4-04-113304-0 C0193

◇◇◇

角川文庫発刊に際して

角　川　源　義

第二次世界大戦の敗北は、軍事力の敗北であった以上に、私たちの若い文化力の敗退であった。私たちの文化が戦争に対して如何に無力であり、単なるあだ花に過ぎなかったかを、私たちは身を以て体験し痛感した。西洋近代文化の摂取にとって、明治以後八十年の歳月は決して短かすぎたとは言えない。にもかかわらず、近代文化の伝統を確立し、自由な批判と柔軟な良識に富む文化層として自らを形成することに私たちは失敗して来た。そしてこれは、各層への文化の普及滲透を任務とする出版人の責任でもあった。

一九四五年以来、私たちは再び振出しに戻り、第一歩から踏み出すことを余儀なくされた。これは大きな不幸ではあるが、反面、これまでの混沌・未熟・歪曲の中にあった我が国の文化に秩序と確たる基礎を齎らすためには絶好の機会でもある。角川書店は、このような祖国の文化的危機にあたり、微力をも顧みず再建の礎石たるべき抱負と決意とをもって出発したが、ここに創立以来の念願を果すべく角川文庫を発刊する。これまで刊行されたあらゆる全集叢書文庫類の長所と短所とを検討し、古今東西の不朽の典籍を、良心的編集のもとに、廉価に、そして書架にふさわしい美本として、多くのひとびとに提供しようとする。しかし私たちは徒らに百科全書的な知識のジレッタントを作ることを目的とせず、あくまで祖国の文化に秩序と再建への道を示し、この文庫を角川書店の栄ある事業として、今後永久に継続発展せしめ、学芸と教養との殿堂として大成せんことを期したい。多くの読書子の愛情ある忠言と支持とによって、この希望と抱負とを完遂せしめられんことを願う。

一九四九年五月三日